聖女は
トゥルーエンドを望まない

文月 蓮
REN FUMIZUKI

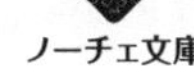
ノーチェ文庫

レオン
勇者一行の
倒すべき魔王であり、
前世からのマリーの推しキャラ。
傲慢だが誇り高く、情が深い。
とあるきっかけでマリーと
出会い、惹かれていく。
マリー＝アンジュ
勇者パーティの聖女。
前世で好きだった乙女ゲームの世界に
転生したことに気づき、
推しキャラの魔王を救うため奮闘する。
優れた癒しの力を持つが、
少々うっかりなところも。
登場人物紹介

ヴィヴィアーヌ
レオンに仕える魔将。
嗜虐的な性格。
ジェラール
レオンに仕える魔将。
獰猛で好戦的。
エルネスト
勇者パーティの騎士。
頼れる兄貴肌で、
皆のまとめ役。
リュカ
神託に選ばれた勇者。
真面目で礼儀正しい
好青年だが、マリーに対し
過保護な一面も。
ユベール
勇者パーティの
魔法使い。
可愛らしい外見と
裏腹に辛辣。

目次

聖女はトゥルーエンドを望まない

プロローグ

「レオン様……やばい、尊いよぉ……」

茉莉はディスプレイに映る、魔王の姿を熱心に見つめた。

十八禁乙女ゲーム『テラ・ノヴァの聖女』にラスボスとして登場する魔王レオンは、茉莉いち推しのキャラクターだ。

ややキツめな目つきに、長い黒髪のすらりとした長身の青年は、茉莉の好みのド真ん中を打ち抜いている。

このゲームは、聖女として教会で育てられた箱入り娘のヒロインが、勇者やその仲間たちと共に、人に仇なす魔物と諸悪の根源である魔王を倒す旅を描いた、ありがちなストーリーである。

流麗なイラストと、豪華なキャラクターボイスにつられて購入した茉莉がはまったのは、敵方として登場する魔王様ことレオンだった。

だが、当然ゲームの本編では、敵であるレオンは攻略対象に設定されていない。それどころか、ほとんどのエンディングでレオンは死を迎えてしまうのだ。茉莉は何度も悔し涙を流したものだった。

しかし、ついにそんな問題も解消される。

昨日ようやく手に入れたこのファンディスクでは、レオンを攻略相手として選ぶことができるようになったのである。

週末だったということもあって、昼夜ぶっ通しでプレイした茉莉は、どうにか終盤までストーリーを進めてきた。

『おまえの癒しの力を、俺に与えよ』

低く艶のあるボイスが、ヘッドフォンで聞いていた茉莉の腰を直撃する。

「はうぅ……」

ゲームの中でのヒロインの役割は、聖女として勇者たちの回復や補助を行うことだ。神に祈りを捧げることによって傷を癒し、体力だけでなく魔力さえも回復させることができる。

更に相手に自分の体液を摂取させると、ずば抜けて高い効果の癒しを与えられるのだ。唾液や涙、汗、そして愛液にまで特別な力が宿っている。そして体液を摂取させると好感度が跳ね上がる——いかにも十八禁ゲーム的な仕様である。

だが体液による癒しを与えられるのは、たったひとりだけ。

そして今、敵だったはずのレオンがヒロインの前に現れ、体液による癒しを請うている。

茉莉は画面に現れた選択肢のどちらを選ぶべきか、迷いに迷っていた。

「【いいよ】、【そんなの無理】。うーん、どうしよう。ここの選択肢、間違えちゃダメなやつだ……！」

レオンの口調は俺様で、性格も同様。けれど一度気を許せば情が深い。傲慢な態度はとるが、それは自分の力や責任に対する誇りの裏返しだ。

そんな彼を攻略するならば、やはり責任ある言動が求められるだろう。勇者をサポートする立場である聖女としての役割を放棄するような答えより、彼を拒む【そんなの無理】が一見すると正解に見える。だが——

「ここはあえて【いいよ】で！」

『ふ、よい答えだ。これよりのち、おまえは俺のものだ』

傲慢な笑みを浮かべたレオンのスチルが画面いっぱいに映る。

その手が主人公の顎にかかり、唇が近づいてくる。そっと唇が触れ、レオンの目が満足げに細められた。

「はうっ……」

念願の魔王攻略が叶った——茉莉はレオンの顔をうっとりと見つめた。

それから場面は移り変わり、レオンは勇者たち一行に追い詰められて絶体絶命のピンチに陥（おちい）る。だが、これは魔王攻略ルート。きっとこの先には、レオンが生存する展開が待っているだろう。

いよいよクライマックスだ。魔王城の玉座の間が映し出される。

玉座の間は戦闘によって破壊しつくされ、今にも崩れ落ちそうになっている。その冷たい床に、レオンが横たわっていた。

『ふ、聖女が手に入れば運命が変わるかとも思ったが、なかなかうまくいかぬものだ。だが、この星が俺の魔力によって癒（いや）されるならば、それでもよいか……』

美しい空色の瞳で、壊れた城の隙間から見える空を見上げ、キラキラと光の粒子に変わっていくレオンの姿。

「えー！　どこかで選択肢間違えた？」

しかし、無情にもスタッフロールが流れ、最後にトゥルーエンドの文字が表示される。

「なんで……なんで、これがトゥルーエンドなの……⁉　こんなの絶対に認めないんだから－！」

茉莉の叫び声が、ワンルームのアパートの室内にむなしく響いた。

第一章　げ、ゲームキャラが三次元になって、目の前にいるんですけど！

「嘘でしょ……?」

彼らと引き合わされた瞬間、マリーの頭の中に怒涛のように記憶が流れ込んできた。

――これって、まさか『テラ・ノヴァの聖女』じゃ……！

勇者リュカ、魔法使いユベール、そして聖騎士エルネスト。目の前にいる彼らの名前は十八禁乙女ゲーム『テラ・ノヴァの聖女』の登場人物と完全に一致していた。

魔物が跋扈する、剣と魔法の世界。魔王と、勇者や聖女たちが対立する世界。

あまりに一気に流れてきた記憶に、マリーは一瞬ここがどこだかわからなくなる。目の前が暗くなり、マリーはふらりとよろめいた。

「大丈夫か?」

よろめいた彼女をすかさず支えたのは、紹介されたばかりの勇者リュカだった。

幼い頃に修道院に引き取られ、そのままほとんど異性と接触することなく育ったマリーは、慣れない男性との触れ合いに思わずびくりと震えてしまう。

マリーの怯えに気づいたリュカは、そっと彼女から手を離した。

リュカの気遣いに、マリーは小さく息を吐く。

見上げた彼の顔には心配そうな色があった。

リュカの明るい金髪は短く整えられていて、きりっとした顔立ちを引き立てている。

そんな端整な容貌にさえ、今のマリーは見惚れている余裕はなかった。混乱に陥りながらも、どうにか表情を取り繕う。

「……少し緊張しすぎてしまったみたい……です」

マリーはリュカに向かってあいまいな笑みを浮かべてみせる。

「俺も教皇猊下にお会いするのは初めてだし、緊張するのはよくわかる」

リュカは彼女を安心させるように柔らかく微笑んだ。

「すみません」

マリーは深呼吸をして、ぐらぐらしそうになる身体を支えようと懸命に足を踏ん張る。

リュカの声は、マリーの前世・茉莉がゲームのプレイ中に何度も聞いた声優の声にそっくりだ。

よみがえった記憶は、ここが間違いなく十八禁乙女ゲーム『テラ・ノヴァの聖女』の世界なのだと告げている。

しかもマリーの立ち位置はゲームのヒロインそのままだ。

——のぉおお、ここが十八禁乙女ゲームの中だなんて、聞いてないんですけどー！

マリーは心の中で絶叫した。

数日前、マリーは突然教会の総本山である大聖堂に行くようにと、修道院長に命じられた。なにがあるのか全く知らされず、言われるままに大聖堂にやってきた。

そして、いきなり三人もの男性を紹介されたのだ。しかもこれから教皇との謁見（えっけん）が控えているという。

そんな時、この世界をゲームとしてプレイしていた茉莉の記憶がよみがえったのだ。

マリーはこれまで修道院からほとんど出ることなく育った。そしてこの身体には特別な力が宿っていること、いずれ聖女としての務めを果たすのだということを教えられてきた。

だが、聖女としての務めが、まさかめくるめく十八禁の世界へ足を踏み入れることだったとは。しかも、ゲームのシナリオ通りなら、魔物に襲われることもあるかもしれない。

いや、ちょっと落ち着こう。茉莉として現代日本を生きた記憶が正しいとするなら、この世界はゲーム——虚構という可能性もある。マリーは必死にそう思おうとした。

けれど、これまでマリーとして生きてきた十八年分の記憶が、目の前の光景もまた現実なのだと主張している。

このままいけば、マリーの身にはシナリオ通りに様々な困難が降りかかるだろう……性的な意味で。

それを認めたくない気持ちと、認めざるを得ない目の前の光景に、マリーは頭がおかしくなりそうだった。それでも溢れそうになる前世の記憶になんとか蓋をして、現実と向き合うことを優先する。

リュカを筆頭に、魔法使いのユベール、聖騎士のエルネストもこちらを心配そうにうかがっていた。

——だ、ダメだ。ここで下手な対応をとると、変なフラグが立っちゃう。ここはストーリー通りに進めてみよう。

『テラ・ノヴァの聖女』は、とにかく難易度が高く、ささいな選択ミスが即死バッドエンドに繋がる。ゲームをやり込んだ茉莉でさえ、全てのバッドエンドを把握しきれていないほどだ。

下手なことをして一気にバッドエンドに進んではたまったものではない。ここは慎重に対応しなければと、マリーはなんとか笑顔を作り、大丈夫だとアピールする。

「ええと、君の名前をまだ聞いていなかったね」

リュカはキラキラした笑みを浮かべながら、マリーの名前を尋ねる。

先ほどは自己紹介をする前に記憶がよみがえってしまい、それどころではなかった。

初対面の挨拶ができないのは社会人として失格だろう。マリーは改めて、皆に向かって軽く頭を下げた。

「私はマリー＝アンジュと申します。サントワーヌの修道院より参りました。どうぞマリーとお呼びください」

「マリーだな。君とはこれから長い付き合いになりそうだし、そんなにかしこまらないでくれると助かる。もっとフランクに話してくれ」

——さすが、爽やか王子だぁ。

ファンのあいだで爽やか王子という異名をとるだけあって、リュカは正統派な王子様タイプのキャラだ。

にこりと笑いかけてくるリュカに、マリーは少々引きつりつつも、あいまいな笑みを浮かべた。

——やっぱりかっこいい……けど、タイプじゃないんだよね……

リュカは神託によって勇者に選ばれ、田舎の村を出て聖都にやってきた。三人姉弟の末っ子で、お姉さんたちの影響を強く受けて育ったという設定だ。女性には優しく、紳士的な態度を崩さない。だが、あまりに王道すぎて、茉莉の好みではなかった。マリーとして実際に対面しても、やはりその印象は変わらない。

――それにしても、フランクに話してほしいと言われてもなぁ……

できれば勇者たちとは関わることなく、平和に過ごしたい。そのためには、彼らとできる限り精神的に距離を置きたい。よって、敬語で話すくらいがちょうどいいと思うのだが……

――って、はっ。やばい、ここでリュカに嫌われでもしたら、死亡フラグまっしぐらでは⁉

リュカの提案に逆らって敬語のままだとバッドエンドに突入し、序盤で死亡する危険性がある。

マリーはキュッと唇を引き結んだ。

「はい。よろしくお願いしま……よろしくね」

「ああ、こちらこそよろしく」

リュカがマリーに向かって手を差し出した。

修道院で育てられたマリーにとって、男性と触れ合うことはかなりハードルが高い。

前世の記憶を参考にしようと思ったが、茉莉は男性経験のない、いわゆる喪女だったため、まるで役に立たなかった。

マリーは差し出された手をおずおずと握り返した。

リュカとの挨拶が終わると、続いて大柄な男性が進み出る。

「俺は聖騎士のエルネストだ。改めてよろしく頼むぜ」

きらりと白い歯がのぞく。

エルネストはいかにも聖騎士だと主張するように、白い騎士服に身を包んでいる。背が高く、肩幅も広くて筋肉質で、日に焼けた肌と赤い髪が特徴的だ。この中では一番の年長者となる。

――あっ、アニキだぁ……！

攻略キャラのひとりであるエルネストは、頼れるアニキポジションのキャラだ。ゲームの設定によると、小さい子供の多い修道院で育ったため、年下の面倒を見るのがうまい。ただしちょっとエロいことを言うのが玉に瑕（きず）。茉莉の好きだったキャラのひとりだ。

ただし、好きといってもそれは恋愛感情というより、彼の包容力に対する憧れに近い。

マリーは憧れのアニキに出会えた感動を、静かに噛みしめた。

続いて少し幼さの残る少年がマリーの前に出た。

「僕は魔法使いのユベール。よろしくねー」

ユベールはマリーよりも少し年下のはずだった。柔らかそうなブラウンの髪に、くりりとした琥珀色の瞳。かっこいいというよりは可愛らしい顔立ちで、いまだ成長途上にある手足はほっそりとしている。

——うわ、可愛い。

ユベールは名門の魔法使い一家に生まれた生粋の優等生だ。素はかなり辛辣だが、童顔腹黒キャラとして一部のお姉さま方にとても人気があった。そんな腹黒さを綺麗に覆い隠し、無垢な笑みをマリーに向けている。とても可愛い顔をしているが、彼もまた茉莉の好みではなかった。

「よろしくお願いします」

マリーが改めて挨拶を交わしたところで、修道女から声をかけられた。

「皆様方、猊下がお呼びです」

「ああ、ありがとう。猊下をお待たせしてはいけないね」

そうして案内された大聖堂は、壁一面がステンドグラスに彩られていた。神の威光を知らしめるのに相応しい荘厳さに溢れている。

ステンドグラスが描き出す美しい光の模様に、マリーはほうっと感嘆の息をこぼした。

緋色の毛氈(もうせん)が敷かれた祭壇には、司祭たちが並んでいる。マリーたちがその向かいに並ぶと、しばらくして豪奢(ごうしゃ)な司祭服を身に纏(まと)った教皇が姿を現す。

茉莉としての記憶から、これから教皇が話す内容は想像がついた。

「聖都オディロンへようこそ。聖なる父に選ばれし勇者たちよ」

ゲームでプレイしたシーンが、現実のものとして目の前に現れる。

今から行われるのは、勇者一行に魔王討伐を命じる儀式だった。

「そなたたちをここへ呼んだのはほかでもない。父の子らたる民が魔物たちの跳梁(ちょうりょう)に苦しめられていることはそなたらも知っていることだろう。民たちをその苦しみから解き放つべく、魔物討伐の旅に出てほしい。そしてゆくゆくは、全ての元凶たる、魔王を打ち倒すのだ！」

ゲームと寸分違わぬ台詞(せりふ)に、マリーは一瞬気が遠くなった。

――やばい、これじゃ本当に私が聖女になってしまう！

このままではマリーは聖女として勇者たちと打倒魔王の旅に出て、十八禁の世界に足を突っ込むことになる。

まともに恋愛をする機会もないまま育てられた自分が、誰かとそういった関係になること自体、想像もつかない。なによりマリーが望むのは、胸をときめかせるような恋愛や、めくるめく官能的な体験ではなく、平凡で穏やかな日々だった。

それでも、誰かひとりを選ばなければならないなら。

——どうせ恋をするなら、レオン様がいいなぁ……

聖女の役目から逃れられないのならば、その相手はせめて最推しだったレオンがいい。目の前であの美貌を目にし、あの声を聞けたのならどれほど素晴らしいことだろうか。

いや、もちろん十八禁の展開にならずに済むならば、そのほうがいいに決まっているが——

叶うことなら、聖女の役目を辞退し、元々住んでいた修道院に逃げ帰ってしまいたい。とはいえ、世界を救うべき聖女が旅立ちを目前に逃げ出したとなれば、マリーの居場所など、どこにもなくなってしまうだろう。

——ゲームじゃ、そもそも聖女にならないという選択肢なんてなかったよね……。どうしたらいい？

マリーは必死になって茉莉の記憶を思い起こし、逃げ道を探る。けれど教皇の言葉が気になって、なかなか集中できない。

「勇者リュカ」

「はい」

リュカは誇らしげな表情で教皇の前に進み出た。

「そなたは聖なる剣に選ばれた。教会に伝わる聖遺物のひとつ、聖剣を託す。民の希望となるべく精進するがよい」

教皇は司祭から豪華な装飾の施された剣を受け取ると、それをリュカへ差し出す。

「最善を尽くします」

リュカは恭しく頭を下げ、聖剣を受け取った。その瞬間、剣がきらりと輝いたような気がした。

「聖騎士エルネスト」

「はっ」

教皇の声にエルネストが進み出る。

「そなたには聖遺物のひとつ、この聖盾を託す。いかなる時も皆を守り導くよう願う」

教皇はエルネストに光り輝く盾を下賜した。

「心得ましてございます」

エルネストは、ふたりの司祭がよろけながら運んできた盾を軽々と受け取る。

横から見える彼の顔は興奮にほんのりと赤く染まっていた。

「魔法使いユベール」

「はいっ」

「若いそなたは迷うことも多かろう。だが、この国の未来のためにそなたの力を尽くすのだ。この聖なる衣はいかなる時もそなたを守るだろう」

ユベールは教皇から聖衣を受け取った。

「承知いたしました」

「それから、聖女マリー」

「……はい」

返事をしたマリーの声は震えていた。

――ここまで来たら、私しかいないよねぇ……

やはり聖女に選ばれてしまったのだと、マリーの胸に諦念（ていねん）が湧く。

マリーはため息を殺し、恭（うやうや）しく頭を下げながら教皇の前に進み出た。

「神の声を聞くことのできるそなたは、紛う方なき聖女である。聖なる杖をそなたに。その癒（いや）しの力を存分に振るうがよい」

「御心に適うよう、努めます」

光り輝く杖は見た目よりも軽く、マリーが握るとちょうどよく彼女の手の中に収まった。

「さあ、旅立つがよい。そなたたちの行く先に神の祝福を！」

「神に感謝を！　そして、勝利の誓いを！」

ゲームの記憶と違わぬ展開に、マリーの心に弱気が忍び寄る。

やはりストーリーからは逃れられないのかと、教皇の鼓舞に応える勇者たちの姿を見つめながら、マリーはため息を禁じえなかった。


教皇との謁見（えっけん）を終えたマリーたちは、大聖堂から場所を移していた。

明日の出立に向け、旅に必要な準備を整えるためだ。

マリーは宛がわれた部屋に入ると、糸が切れたようにベッドに倒れ込んだ。

――どうしてこんなことになっちゃったのー⁉

マリーは大声で叫びたかった。けれど心のままに叫べば不審者確定だ。口を押さえてゴロゴロとベッドの上を転がる。

幼い頃から神の声を聞くことができたマリーは、聖女候補として育てられてきた。だから、自分が聖女としての使命を果たすことに、拒否感はなかった。けれどもそれが十八禁方面とは。

この世界をゲームとしてはプレイしていたが、まさか実際にヒロインになってしまうなど夢にも思わなかった。

いずれにせよ『テラ・ノヴァの聖女』は女性向け恋愛シミュレーションゲームなのだから、攻略対象である勇者たちとの関わりを避けられないことは、容易に想像がつく。

マリーは目の前に迫る現実に、ぶるりと震えた。

——どうしよう。あの中の誰かと恋人になるとか、絶対に無理っ！

そんなことになるくらいなら、聖女の役割など投げ出してしまいたい。

マリーが頭を悩ませていると、コンコンと扉を叩く音に思考を中断された。

「なにか？」

扉の向こう側に向かって、マリーは声をかける。

「エルネストだ。少しいいか？」

——ま、ま、まさか！　ここでイベント？　あ、そういえば……

マリーはこの出発前のタイミングで、好感度の上がるイベントが発生することを思い出した。最初の顔合わせを経て、最も好感度の高かった相手が、部屋を訪ねてくるというものだったはずだ。

ここで好感度を上げすぎると、エルネストのルートに確定してしまう可能性もある。

だが下手を打てばバッドエンドに進みかねないので慎重な対応が求められる。

マリーは慌ててベッドから立ち上がり、扉に飛びつく。

勢いよく開けられた扉に、エルネストは少々目を丸くしていた。

「な、なんでしょう？」

挙動不審なマリーに向かって、エルネストは男らしい笑みを浮かべた。

「いや、少し話がしたくてな」

「ええと……」

男性を部屋に招き入れることに抵抗があったマリーは、しばし逡巡する。

「なに。そう長くはならねえ。扉も開けておくから、不埒な真似をすればすぐにばれるさ。心配なんていらねえよ」

そこまで言われてしまっては断ることもできず、マリーはしぶしぶエルネストを部屋に招き入れた。

「……どうぞ」

「ああ。すまねえな」

エルネストは部屋に用意されていた椅子に腰かけた。

普段マリーが暮らしている部屋よりもかなり広いはずなのに、大柄な彼が椅子に座っているだけで、部屋が小さく見える。

マリーは扉を開け放ったままにして、エルネストの向かいに腰を下ろした。

「明日からいよいよ旅に出ることになるが、その前に親睦を深めておくのもいいかと思ってな。場合によっちゃ命を預ける間柄だ」

「親睦……？」

マリーはわずかに眉をひそめた。

アニキとして憧れる気持ちはあるが、ここで油断してはいけない。『テラ・ノヴァの聖女』では簡単に十八禁展開へ進んでしまうのだ。ほどほどに好感度を維持しつつ、上がりすぎもしないよう注意する。

「ああ。そんなに怯(おび)えなくていい。ずっと修道院で育ったんなら、無理もねえが。俺も修道院で育ったから少しはわかる。昔は女の子と話をするだけでびくびくしたもんだ」

エルネストは昔を思い出したのか、遠い目をした。

——ええと、こういう時は相手のことを聞くのが無難だよね。なにしろ私はシナリオを知っている。下手に自分の話をして、今の私が知るはずのない情報をぽろっと漏らしちゃったらマズい。あなたに興味がありますよーってアピール程度にしておこう。

エルネストからの好感度をほどほどで抑えたいマリーとしては、選択を間違えられない。ゲームの知識でエルネストの背景については知っていたが、あえて尋ねる。

「エルネストさんはどこの修道院で育ったの？」

「ああ、俺のことは呼び捨てでいいぞ。俺はカプレの修道院だ。マリーとは違って、男ばかりの修道院だったがな。だが、そのおかげで聖騎士になれたし、こうして勇者一行に加わることもできた。自分の境遇に不満はねえさ」

マリーは自分の振った話題が本当に正解だったのかと、びくびくしていたが、エルネストの様子を見る限り、さほど好感度が上がったようには思えない。とりあえずは間違わずに済んで、肩から力が抜けた。

「そう……なの」

誇らしげに笑うエルネストを見ていると、私は聖女になどなりたくなかったとは到底言えない。

「マリーは聖女として選ばれたのが不安そうだな。それとも不満……か？」

「そんな……ことは」

エルネストに気持ちを言い当てられて、マリーはぎくりとする。

できれば役目など投げ出してしまいたい。

それでも、魔物に苦しめられている人々がいるのも現実で、彼らを救うために必要なことだと言われれば、無下にもできない。

「私になにができるのか、不安があるのは確かです。それでも、選ばれた以上最善を尽くすしかないって思ってる。自信がないからって、他人に押し付けるような真似はできないよ」

さっきまでは逃げることばかり考えていたのに、不思議とその言葉がするりと出てきた。

それはマリーとしてこの世界で生きてきた自分の、偽りない気持ちだった。

「不安なのは俺も、そしてリュカやユベールも同じだ。今は互いのことをよく知らねえから、不安だって大きいだろう。これからゆっくりと慣れていけばいいさ。誰だって最初から勇者だったわけじゃあないんだからな」

――さすが、アニキ！　やっぱりかっこいいなぁ……

ゲームと違わぬ気配りと包容力に、マリーは感服した。これが、エルネストがファンのあいだでアニキと呼ばれているゆえんだろう。

「はい。ありがとうございます」

「これから一緒に頑張ろうぜ！」

エルネストはマリーの様子が気になって訪ねてくれただけのようで、話はそこで終わった。

——アニキって本当にいい人だなぁ。

どうにかつつがなくイベントを終えることができたと、マリーは油断していた。

「マリー、よい夢を。俺は、おまえの癒しを受ける者に選ばれたら嬉しいぜ？」

エルネストが手を伸ばし、彼女の頬をそっと撫でた。そして、色気を含んだ流し目を送ってくる。

「ひっ」

——ぎゃー！　なにこれ、ナニコレ？

唐突な接触に、マリーはパニックになった。

目を大きく見開き、硬直するマリーに、エルネストはふっと笑いを漏らす。

エルネストの台詞から推察するに、彼はマリーの体液に癒しの効果があることを知っている。癒しが欲しい——つまりは、ベッドでのあれこれを含む癒しの行為へのお誘いだろう。

「ど、どうして知って……⁉」

「俺だけじゃないぜ。リュカとユベールだって知ってるさ。聖女が選んだ、たったひとりにだけ与えられる特別な癒しの方法については……な」

エルネストはにやりと笑みを浮かべている。

「そんなぁ……」

「まあ、そのことは教会でも極秘事項になっている。知っている人間はそれほど多くないはずだ」

体液による癒しはゲームの中では当たり前の設定すぎて、どこまで知られているのか気にしたこともなかったが、皆が知っているとなると恥ずかしすぎる。

教会の関係者だけなら仕方ないことだが、そんなエロ特化の設定がパーティメンバーに知られていることに、マリーは打ちのめされた。

呆然とするマリーをよそに、エルネストは軽く片手を上げて挨拶をすると、あっさりと立ち去った。

――見事な引き際だ。だけどさすがは十八禁乙女ゲーム。油断ならない……

マリーは固まったまま彼のうしろ姿を見送る。

「はっ、固まってる場合じゃなかった」

この世界で生き残っていくためには、情報が必要だった。

選択を誤れば死亡フラグに直結しかねない世界において、情報は生命線だ。

なにより、まずは頭の中を整理したかった。

マリーは机の中から紙と筆記具を取り出すと、思い出した記憶を思いつくままに書き出していく。

「メインの攻略キャラは勇者リュカ、魔法使いユベール、聖騎士エルネストだったよね……」

マリーは思い出した名前を書き連ねていく。

いずれもそれぞれに魅力を持つキャラクターたちだ。突然のことに驚き、戸惑いはしたものの、彼らが実際に三次元で動いている姿を目にすることができたのは、やはり嬉しい。

美しく描かれていたイラストの人物が実際に動いて、声優と同じ声で話している。落ち着いて考えてみれば、ゲームの登場人物たちのファンだった茉莉——マリーが興奮しないはずがなかった。

「それから、なんといってもレオン様！」

マリーは一番好きだったキャラクターの名前を、丁寧に紙に書き込む。

魔王であるレオンは勇者陣営とは敵対しているため、本来聖女との接点はない。

本編では攻略キャラではなかったが、陰のある美貌と、流麗なイラストで人気を博し、ついにはファンディスクにおいて攻略キャラとして登場するまでになったキャラクターだ。

ファンディスクでは、本編で明かされなかった魔王の背景が描かれている。

魔王は、魔物を生み出し世界を破壊しようとする諸悪の根源――そう信じた勇者たちが魔王を倒すというのが本編でのストーリーだ。

しかしファンディスクでは、この星が傷ついているということ、魔王は世界を破壊しようとしていたのではなく、傷ついた星を癒すために膨大な魔力を必要としていたのだということが明らかになる。魔王も勇者と同じく、この世界を救うためにひとり戦っていたのだ。

そんな真実を知ったヒロインは魔王と恋仲になるのだが、結局魔王が勇者リュカによって倒され、死によって解放された魔王の魔力が星を癒すという結末だった。

――あんなの、絶対にトゥルーエンドじゃないし！

マリーは内心で鼻息を荒くした。

魔王レオンを攻略できるようになったとはいえ、彼を救うことができないのならば全く意味がない。マリーは、レオンが最期を迎えるスチルを見ながら、悔し涙を流したことを思い出す。

「ストーリーは面白いし、キャラはそれぞれに魅力があって最高なのに、どうしてエンディングだけがダメダメなのよ！」

勇者が魔王の真意に気づき、ふたりが協力していれば誰の命も犠牲にすることなく助けられたのではないかと、茉莉はずっと考えていた。

「私は、どのエンドに向かえばいいんだろう……？」

マリーがヒロインの位置にあることは、どうやら変えようがない。

ハッピーエンドを選択するならば、このまま勇者たちと共に魔物を倒し、魔王を討伐、そして勇者一行の誰かと結婚だ。

リュカ、ユベール、エルネスト。いずれも素敵な人たちではあるのだろう。少なくともゲームの中の彼らは素敵だった。

現実のエルネストとは少し話してみただけだが、ゲーム内での性格とほとんど差は感じられなかった。

けれど三人の誰かとハッピーエンドを迎えるのは、今のマリーには想像ができなかった。せいぜいお友達エンドとも呼ばれる、ノーマルエンドが精一杯だ。

それ以前に、ささいな行動で死亡フラグが乱立する状況で、死なない自信がない。

それでも、もしもこの世界で、生きることが叶うのであれば。

「やっぱり、生レオン様に会ってみたいなぁ……」

――そして、できることならレオン様を死の運命から救いたい。

マリーはファンディスクでのエンディングを思い出す。

絶対にあんな風に彼を死なせたくない。

魔王と勇者が本当は対立する必要がないと知っている自分ならば、このゲームの世界の結末を変えることができるのではないか。それこそが、自分がこの世界に生まれ変わった意味なのではないか。そんな気さえしていた。

それに、マリーが知っているのはそれだけではない。聖女は生まれ持った特別な力で、望む相手のいる場所へ転移——瞬間移動する魔法を使うことができるのだ。

何度でも使えるものではなく、たった一往復きりの力だが、移動手段の少ないこの世界ではチート級の魔法だ。

本来であればゲームの終盤で明らかになるこの設定も、ゲームをやり込んだ茉莉ならば、今すぐにでも使えることを知っている。マリーが望みさえすればおそらく一度だけ、魔王レオンのもとへ一瞬で飛んでいけるはずだ。

だが、ことは慎重を要する。安易にストーリーを改変してしまえば、マリーが知っているイベントや攻略方法が使えなくなってしまい、のちのちどんなしわ寄せが来るかわからない。

うっかり死亡フラグを立てて、レオンの前に自分が死んでしまっては意味がない。ここはあえてストーリー通りに勇者たちと行動を共にし、レオンを助ける機会をうかがうほうがいいだろう。そしてその機会が来た時に困らないよう、力をつけておきたい。

いずれにせよレオンを救うためには魔王城へ行く必要がある。勇者たちと行動を共にしながら、レベルを上げていくのは、一石二鳥のように思えた。

方針が決まったところで、気が抜けたのか一気に眠気が押し寄せてくる。

「ふぁ……」

マリーは大きなあくびをすると、ベッドに身体を横たえた。

前世の記憶がよみがえったことと、教皇との謁見（えっけん）というふたつの精神的疲労にマリーの意識はすぐに眠りに引き込まれていった。

翌朝、多くの人々に見送られて、勇者一行は聖都を旅立った。

城壁から出たところで、一行の足が止まる。

「まずは川沿いに東へ向かって移動。練度を上げつつ、海に出たら北進して魔王城へ向かおうと思う。それでいいかな？」

マリーはリュカの決めた進路に異論はなかった。

国土のほとんどが森林におおわれるこの国では、東西に伸びる川沿いに都市が点在している。魔王城は聖都から北東の方角、深い森を抜けた先だ。森林には魔物が多く生息していて、容易(たやす)くは進めない。多少遠回りにはなるが、川沿いに進み、都市にある教会で補給を受けつつ移動するのは、妥当な選択だと思えた。

それに教会へ寄ることにはもうひとつの利点がある。聖女であるマリーが祭壇で神に祈りを捧げることによって、教皇から授かった装備に神の加護を得ることができるのだ。加護があれば攻撃力が上がるだけでなく、新たな技を覚えることができる。更にマリー自身の魔力も、大幅に上げられるのだ。

加護の利点について、勇者たちや教会関係者は知らないようだった。だとすればこれはゲームをやり込んだマリーしか知らない、裏技のようなものだ。ここはぜひとも教会に寄っておきたい。

そこに異議を唱えたのはユベールだった。

「ええー、めんどくさい。ばばーんと一気に北上して魔王城に向かおうよ！」

――きた！　旅のルート選択イベントだ。ここでちゃんとしたルートを選ばないと、レベル上げに苦労するんだよねぇ……。それにしても、ユベールって可愛い顔してなにげに脳筋だったんだなぁ。

マリーは記憶にある通りの彼の台詞(せりふ)に、ため息を吐きたくなった。

エルネストが表情を変えて、止めに入る。

「ばっかやろう！　戦いに慣れているおまえや俺はそれでもいいが、戦いも旅もし慣れていないリュカとマリーには無茶だ。魔王を倒すには、ふたりの成長が絶対に必要なんだ。そんな簡単に済むものなら、わざわざ教皇猊下が俺たちを集めて一緒に旅立たせるわきゃねえだろうよ」

勇者パーティの良心がきっちりと働き、ユベールをたしなめてくれたことにほっとする。

「そりゃ、そうだけどー」

エルネストに同意しながらも、ユベールはいまだに不満そうだった。

ゲームをプレイしていた時から思っていたのだが、ユベールは知的そうに見える魔法使いの割に、考え方がやや短絡的なきらいがある。このままユベールの意見に従うのは危険だというのはわかっていた。

マリーが顔を上げると、眉根を寄せ、険しい表情をしたリュカと視線がぶつかった。

――このままじゃ、ダメだ……！

リュカとマリーの心の声が一致した。ふたりは顔を見合わせ、同時にうなずく。

「すまないが、戦いに慣れるまでは俺の提案した旅程で行かせてほしい」

マリーも続けて畳み掛ける。

「ユベールさんの言う通り、いきなり大本を攻撃するというのもひとつの手段だとは思います。けれど今の私たちでは力も経験も足りません。それに各地で勢力を伸ばしている魔物を倒していけば、魔物の脅威に苦しむ人々を救えますし、同時に魔王の力を削ぐこともできて、一石二鳥ではありませんか？」

そもそもこういったゲームでは、経験値を積んでレベルを上げ、装備を整えてからラスボスに向かうのが常道のはずだ。今の状況では、布の服一枚でラスボスに挑むのと変わらない。

『テラ・ノヴァの聖女』は本格的なRPG（ロールプレイングゲーム）ではないものの、戦闘や育成といったゲーム要素もそれなりに楽しむことができた。

――ちゃんとレベル上げしながら行こうよ？　ね、ね？　それが最終的には、一番楽にラスボスのところまでたどり着くルートなんだから。

マリーは期待を込めてユベールを見つめた。

「一石二鳥……ねぇ」

ユベールの疑わしげな顔に、マリーは焦った。

「ユベール、いい加減にしろよ」

「はぁーい」

エルネストの機嫌の悪そうな低い声に、ようやくユベールは諦めてくれたらしい。

マリーはほっと胸をなでおろす。

「ふふ。冗談だよ。一応自分たちの実力は把握しているみたいで、安心したー」

にやりと笑ったユベールに、マリーはわなわなと震えた。

――む、むっかつく……！　やっぱり、ユベールって腹黒すぎだよ！

そういえば、ユベールは慣れない相手に対して、試すような行動をとることがあるのをマリーは思い出す。

改めてユベールの言葉は額面通りに受け取らないほうがよさそうだと、マリーは気を引き締め直した。魔法使いという人種はなかなか侮(あなど)れない。

「よし。じゃあこっちだね。整備された街道を通るから強い魔物はいないはずだけど、注意しながら行こうかー」

にこにこと一行を先導するユベールの背中を、マリーは恨めしく思いながら見つめた。

「リュカ、マリー、悪いな。ふたりともあまりユベールのことを悪く思わないでくれ。あれでもあいつに悪気はないいんだ」

――悪気なく試すようなことを言うほうが、問題あると思うけど？

マリーはどうにか不満を心の中に押し込める。

「そう……ですか」

「エルネストがそう言うなら……」

マリーとリュカは複雑な表情でうなずいた。

命を預ける相手を試したくなる気持ちはわからないでもないが、これでは逆に溝が深まってしまうのではと心配になる。

「おーい、先に行っちゃうよー？」

ユベールははるか先でのほほんと手を振っている。マリーやリュカの不満など、どこ吹く風と言った様子だった。

マリーは腹を立てているのがばからしくなってきて、思わず笑ってしまった。

「もうっ……ふふ」

「さあ、気を付けて行こうぜ！」

「はい」

マリーは杖を握りしめて、旅立ちの一歩を踏み出した。

平坦な道が続く街道は遠くまで見通せる。時折、茂みががさがさと音を立てて揺れるのが見えた。

マリーは魔物が現れたのかと、びくつきながら街道を進んでいく。

「魔鼠だ！」

先頭を行くユベールの声に、皆は素早くそれぞれの得物を構えた。

盾を構えたエルネストが前に進み出る。

「俺が敵を引き付ける。リュカは隙を見て攻撃。ユベールはいつも通りで頼む。マリーは後方で待機。君の出番は戦闘終了後だ」

「はいっ！」

エルネストの指示に皆の返事が揃う。

「キシャーァア！」

魔鼠は小型犬くらいのサイズのネズミだが、目は赤く爛々と光り、歯をむき出しにして威嚇してくる。

現代日本においては、ただの野生動物がここまで攻撃性をあらわに近づいてくることはなかった。

——こわっ。って、私本当に戦えるのかな？

今更ながらに不安がこみ上げてくる。画面越しにしか見てこなかった魔物の姿を、こうして目の前にすると、恐怖に足が震えた。

前世の記憶を取り戻す以前のマリーにとって回復魔法を使うことは、呼吸をするのと同じくらい自然にできることだった。しかし前世の記憶が戻ってからは、まだ使ったことがない。その上、実際に魔物と戦うのはこれが初めてだ。実戦の中でも、変わらずに魔法を使えるだろうか。

不安に苛（さいな）まれつつ、マリーはぎゅっと杖を握る。

「ほら、来い！」

まずはエルネストが魔物に向かって挑発する。そして盾を振り回し、跳びかかってきた魔物に打ち付ける。

魔鼠（まそ）は盾にぶつかって、うしろへ吹き飛んだ。

今ならば、戦闘経験の乏しいリュカでも余裕を持った攻撃が可能だろう。

エルネストは敵に生まれた隙を見逃さなかった。

「リュカ、やれっ！」

「はいっ！」

リュカは硬い声で返事をした。教皇から与えられたばかりの聖剣を、必死の形相で振るう。

だが慣れない手つきで振り下ろされた剣は、宙を切った。

「ユベール、足止め！」

「はいはーい」

エルネストの指示に、ユベールはのんびりと返事をしつつも、的確に行動する。ユベールが指先で空中に記号のようなものを描くと、宙に浮いたその記号が青白く光った。あれはルーン――古代文字を用いた、ユベールの得意とする魔法だろう。ルーンを使う戦い方は、ゲームと変わっていない。

「ほいっと！」

ルーンは魔鼠に向かって飛んでいき、一瞬で魔鼠を硬直させた。ギュイギュイと耳障りな鳴き声を上げながら首を振ってもがくけれど、魔鼠は地面に縫いとめられたように足が動かなくなっていた。硬直の魔法だ。

「リュカ、今だよー。やっちゃってー」

「ああ！」

ユベールの魔法で固定された魔物は、今度こそリュカの剣によって引き裂かれた。

「キュイイーーッ！」

甲高い叫びを上げて絶命した魔鼠は、キラキラと光を放ちながら消えていく。そこに存在していたことが嘘であったかのように。

――はぁ……、よかった。回復魔法を使わずに済んで。

実戦での魔法の使用に不安があったことは間違いないが、それよりも仲間たちが傷つかなかったことに、マリーは安堵する。

――あとスプラッタにならなくて、ほんとうによかった。

ゲームと同じようなエフェクトで消えた魔物の姿に、胸をなでおろす。いくら人に害をなす魔物とはいえ、命を奪うことに抵抗がないわけではない。

「ま、最初だし、こんなもんだろう」

そう言って、エルネストが構えていた盾を下ろす。

マリーは気づかないうちに、杖を強く握りしめていた。指の一本ずつを意識して力を抜かなければならないほど、力が入っていたらしい。

「これくらいの消耗度合なら、あと何戦かしても回復はいらねえな」

「……そうだね」

――これくらいの敵相手なら、そうそう傷を負うこともないだろうし、あったとしても回復魔法だけで十分そう。とりあえず、早々に十八禁的展開に突入するのは避けられそう、かな？

マリーの肩からわずかに力が抜けた。

とはいえ、これではマリーの仕事はほとんどなくなってしまう。なにかほかのことで役に立てないかと思案する。

「あの……、私が硬直の魔法を使ってもいいかな？」

「ん、硬直か……。ユベール、どう思う？」

エルネストがユベールに視線を向けた。

「やってみればいいんじゃなーい？」

案外軽い返事が返ってきて、マリーは拍子抜けする。

「じゃあ、やってみる」

――とりあえず、うじうじ悩むより、できることからやってみるしかないよね。話を先に進めるためにも経験を積むしかないんだし。レオン様に会うまでは死ぬなんて絶対に嫌だ。そのためには少しでもレベルを上げて強くならないと。

マリーは意気込んだ。

勇者一行の進む街道はある程度整備され、森に比べれば魔物が少ないと聞いていたが、それでも多くの魔物が現れた。はじめは経験の浅いリュカが空回りすることもあったが、戦いを重ねるごとに皆の連携がよくなってくるのがわかる。

エルネストが前線で盾を構えて魔物を引き付けているあいだに、マリーが硬直の魔法をかけ、リュカが隙をついて剣で切り付ける。それでも倒せない魔物は、ユベールが遠距離から魔法でとどめ、というパターンが出来上がってきた。

「マリー、回復を頼めるか」

もう何体目かの魔鹿を倒したところで、その鋭い角で腕に傷を負ったエルネストがマリーに近づいた。

傷は骨までは達していないようだが、大きく切り裂かれた様子で、見ていて痛々しい。

「はい！　癒しを！」

――アニキ、すぐに怪我に気づかなくてごめんなさい。お願い、神様！　アニキの傷を治して！

マリーは杖を握りしめ、神に対する祈りを込めて回復魔法を放った。

杖の先にキラキラと白い光が生まれて、エルネストの傷口に吸い込まれていく。傷口は見る間に塞がり、そこに傷があったとは信じがたいほど滑らかな皮膚を取り戻していた。

――よ、よかったぁ……

マリーは、前世の記憶がよみがえってから初めて使った回復魔法が成功したことにほっとする。

「助かったぜ。ありがとな」

エルネストは治ったばかりの腕を振って、感触を確かめている。

「どういたしまして。これが私の役目だしね」

どうやらエルネストの腕は問題なく治療できたらしい。

マリーは自分に課せられた役目をきちんと果たせたことに、ほっと人心地ついた。

ゲームではHPが減れば回復すればよかったのだが、現実にはゲームと違ってステータス画面やHPゲージのような便利なものはない。いつ回復魔法を使えばいいのかの判断が難しい。

――敵だけじゃなくて、味方にも注意を払っておかなくちゃダメだね。素早く状況を把握して、先回りして癒せるくらいにならないと……

戦闘中に頻繁に立ち位置を変える盾役や攻撃役に回復魔法をかけるのは、難しい。下手をすれば誤って敵に回復魔法をかけてしまうことさえある。

この世界で聖女となるべく育てられたマリーには、しっかりと回復魔法の訓練を受けてきたという自負がある。戦闘中であっても、狙いを誤らないだけの実力があることはわかっていた。

しかし、実力があっても実戦で使うとなるとまた別問題だ。うまく立ち回れない自分に、マリーは落ち込んだ。

「マリー、僕の魔力もそろそろ危うい。回復してもらえる？」

今度はユベールから声をかけられた。

「はいっ！」

落ち込んでいる暇などない。今は戦いの最中なのだ。マリーは気持ちを引き締め直し、ユベールに向けて、魔力の回復魔法を使った。

「心に癒しを(マジック・ヒール)！」

魔力の回復は、自分の魔力を相手に譲渡するものだ。当然かなりの魔力を消費するため、ヒールの魔法に比べると、何回も使えるものではない。しかし、マリーは使える魔法こそ少ないものの、膨大な量の魔力を持っていた。マジック・ヒールは魔力量の多いマリーだからこそ使える魔法といっても過言ではない。

杖の先に生まれた青白い光は、ユベールの身体に吸い込まれていく。

「ん、満杯だ。ありがとー」

にこりと微笑むユベールに、思わずマリーもつられて笑った。無邪気に微笑む姿はとても脳筋腹黒魔法使いには見えない。

ちなみに攻略相手に回復魔法をかけることで、微量ではあるが好感度も上がる。とはいえこの程度ならばユベールの攻略ルートに入るほどではないだろう。これほど喜んでもらえるのであれば、マリーはこれからも積極的に回復魔法を使おうと心に誓った。

「はい。どういたしまして」

「それにしても、マリーの回復魔法は鮮やかだね。これほど優秀だとは思わなかったなぁ」

ユベールの顔にははっきりと賞賛が浮かんでいた。

魔法使いとして経験を積んでいるユベールに褒められ、マリーは気恥ずかしくなった。

「そう？　ユベールさんみたいに詠唱なしでは使えないから、褒められると恥ずかしいんだけど……」

――やっぱり、詠唱破棄って憧れるよね。私もユベールみたいにルーン魔法が使えたらよかったのになぁ……

「ん？　ちょっと待って？　あれで？　マリーの詠唱は結構短いと思うんだけど？」

ユベールは心底不思議そうな表情で、こてんと首を傾げた。

「なあユベール、魔法を使う時に詠唱するのは普通のことなんだろう？」

同じく不思議そうな表情を浮かべているリュカは、あまり魔法に詳しくないのだろう。

魔法に関しては、この中で一番の専門家であるユベールの意見を求めた。

「そうだよー」

「でも、ユベールさんは魔法を使う時に詠唱してないよね？」

マリーはユベールが使う魔法がルーンという文字を描いて発動させるものだと知っていたが、あえて尋ねる。

マリーの問いかけにユベールはにこりと笑ってうなずいた。

「だって僕の魔法はルーン魔法だもの。空中にルーンを描けば発動するよー。まあ、正確にルーンを描くこと自体が難しいんだけどねー」

――そうそう。ゲームで知ってたつもりだったけど、ユベールのルーン魔法って実はものすごい達人業なんだよね。普通の魔法使いは大がかりな器具を使って地面にルーン文字を描いたり、ルーン文字を刻んだ魔法道具を使ったりするのに、ユベールは空中にルーン文字を描くだけで魔法を使えるんだから本当にすごい。

定規やコンパスもなしで空中にまっすぐに線を引いたり、綺麗な円を描いたりするには、かなりの熟練度が必要となる。

「ふーん、じゃあマリーの使う魔法はユベールが使っているのとは違う、ごく普通の魔法ってことか？」

「そうだよー。でも準備から発動までの時間がかなり短いし、効果も高い。これほど優秀な聖女を教会が派遣してくれるとは思わなかったなぁ」

エルネストも大きくうなずいている。

「それについちゃ俺も同感だ。これほどの腕なら戦闘中でも回復魔法を使えそうだし、戦術の幅が広がるのは、大歓迎だ」

「ふたりともやめて。それ以上褒めてもなにも出ないからね？　回復魔法の威力が大きいのはこの聖杖のおかげだし、魔法は詠唱なしでも使えるくらいじゃないと、実戦では役に立たないって教わったもの。まだまだ精進しないとダメだね……」

——やっぱりもっと上手に回復魔法を使えるようにならないと。皆が怪我をして痛い思いをするのは嫌だし、せめてすぐに治してあげたい。

「マリー、ユベール。話はそれくらいにして、先に進もうぜ」

「ええ」

エルネストに促され、マリーは歩き出す。

その後も何度か戦闘を繰り返したが、旅路は順調に進み、最初の目的地に定めていた街が見えてきた。

「あれが、アルゴーの街だ」

エルネストが前方に見える街を指し示す。

アルゴーは、国土を横断するエメ川沿いに点在する都市のひとつで、聖都にも近く、非常に栄えている街だ。

市街地を取り囲む強固な城壁と、中心部にあるひときわ高い聖堂が印象的だ。

「今日は初めての戦闘で疲れただろう。さっさと休んで明日に備えようぜ」

「そうですね」

――本当に疲れたぁー。体力的にというより、どっちかといえば精神的に疲れた気がする……

城壁の門には護衛の兵が立っていた。

エルネストが勇者一行だという証を見せると、すぐに通される。

一行はまっすぐに聖堂へ向かった。

「勇者様方、よくぞアルゴーの教会へお立ち寄りくださいました。微力ながら精一杯のもてなしをさせていただきます。私はこの教会の司祭長モランと申します」

司祭長は勇者を迎えられる栄誉に、顔をほころばせている。

「すまないが、世話になる。我々には食事と寝床があれば十分だ」

「なんと慎み深い。しかと承りました」

マリーは司祭長とエルネストの会話が途切れた頃を見計らって口を開いた。

「申し訳ありませんが、明日でかまいませんので祭壇を使わせていただけますか？」

マリーは忘れないうちに、加護を得るための許可を取っておきたかった。

今回、教会に立ち寄ったのは加護の儀式を行うためでもある。

「祭壇を？　それはいったいどのような用向きで？」

怪訝(けげん)な表情を浮かべる司祭長に、マリーは説明する。

「祭壇で祈ることによって、武器と防具に神の加護を授けていただくのです」

「神のご加護を？」

「はい」

「そのようなことは聞いたことがございませんが……」

司祭長は不審げな目つきでマリーを見下ろした。

やはり教会のほうでも加護の儀式については知らないらしい。

勇者たちには、加護のことはすでに伝えてある。彼らもその方法は知らなかったらしいが、加護が得られるならありがたいと、皆の意見は一致していた。

戦わずして武器を成長させることができるのならば、やらない理由はない。

「聖女にのみ与えられる神からのご慈悲です。司祭長がご存じないのも無理はありません」

——本当はゲーム知識だけど、そのまま言えるわけないし。別に嘘をついているわけじゃないんだから、大丈夫だよね？

「神のご慈悲……。ならば使用を許可いたしましょう。ですが、私にも見学させていただきたい」

しぶしぶながらも司祭長の許可を得ることができた。

マリーの顔が安堵にほころぶ。司祭長が見学するくらい、マリーにとってはなんの問題もない。

「ありがとうございます。司祭長のご協力に感謝いたします。加護の儀式は是非ご覧になってくださいませ」

「承知しました。祭壇の準備ができましたらお知らせいたします。では、まずはお休みいただく場所へ案内いたしましょう」

笑顔になった司祭長は、勇者たちを教会に併設されている宿泊所へ案内してくれた。

食堂で皆と一緒に食事を取ったマリーは、疲れたからと早々に部屋に引き上げることにする。

皆も同じく疲れていたらしく、食事を終えるとすぐにそれぞれに割り当てられた部屋へ向かった。勇者たちは三人で一部屋を使うようだが、マリーは女性ということでひとり部屋を使わせてもらうことになった。

魔王城に近づけば、まともに宿を取れることも少なくなり、相部屋が当たり前になってしまうだろうが、今は同室者に余計な気を使わずに済むのはありがたい。

初めての経験で疲れていたことと、魔力を消耗したのが重なって、ベッドに身体を横たえると、意識はすぐに眠りの海に沈んだ。


『マリー、聞こえているかマリーよ?』

誰かの声がマリーを呼んでいる。

『神……様?』

真っ白な空間に、男性の声だけが響く。その声には聞き覚えがある。

夢の中で何度も聞いた神の声だ。マリーは幼い頃から、こうして夢の中で何度も神と会っていた。

『ああ、そうだ。これでやっと話ができる』

ほっとしたような声に、マリーはきょろきょろと周囲を見回し、神の姿を捜した。

いつもならば神はすぐに姿を現すはずなのに、声は聞こえども、真っ白な空間にいまだ姿は見えない。ただ神聖な気配がその場を支配していた。

『マリー、私の聖女よ。この星を癒(いや)してほしい』

星を癒す——それは、ゲームの知識によれば、魔王レオンが人知れず背負ってきた使命だ。けれど、前世の記憶がよみがえる前から、マリーはその言葉を神から聞いていたのを思い出した。

——そうだ、以前からずっと神様に言われてきた。この星を癒してくれと。ただ、その方法がわからなかった。

『神様、私にはそんな大それたことを叶える力はありません』

『いいや、できる。できると確信しているからこそ、おまえに聖女の役目を与えたのだ。勇者と力を合わせ、魔王を倒し、この星を癒すのだ』

白い影がマリーの手をつかんだ。そして、座り込んでいた彼女を立ち上がらせる。大いなる気配がマリーを包み込んだ。

『魔王を……?』

『そう、魔王を倒せ。逆らうことは許さぬ』

——これってなにか変じゃない?

こんなイベントは本編にも、ファンディスクにも存在しなかった。そもそも魔王の命と引き換えに星が癒されるというのは、魔王ルートに入ってから初めて明かされる設定のはずだ。マリーはシナリオにはなかった展開に首を傾げる。

『聖女よ。魔王を倒し、私に会いに来ておくれ。その時こそ……』

『神様に会いに……？』

――魔王を倒せって、レオン様を倒せってこと？　神様に会う展開なんて私は知らないよ！

なにもかもが予想外で、マリーはどうしていいのかわからなくなる。

彼女の手をつかんでいる感触が遠ざかる。マリーは己の目覚めが近いことを感じ取った。

『待っている。私の聖女』

神の声が小さくなる。

「お待ちください！　どうか、神様！」

マリーは全身にびっしょりと汗をかいて目覚めた。

「夢じゃない……か。あれは神託だ……」

前世の記憶を取り戻す以前なら、マリーはなんの疑問も抱くことなく神の言葉に従っていただろう。とはいえこんなにも強くなにかを命じられたことはなかった。

これまでとはあまりに違う神の言動に、マリーは戸惑う。

――私はどうすればいいの？　レオン様を倒さなきゃダメ？　わけがわからない

よぉ……

「はぁ……」

マリーは大きなため息をひとつ吐くと、ゆっくりとベッドから下り、窓に近づいた。

外は暗く、月明かりが降り注いでいる。夜明けはまだ遠い。

マリーは荷物の中からメモを取り出し、忘れないうちに神託を書き留めておくことにした。

「まずは勇者と力を合わせて魔王を倒す……と。それから、星を癒せ……と。これじゃゲームのトゥルーエンド通りじゃない！」

神の口から魔王を倒せとはっきりと命じられたことは、衝撃的だった。星の傷さえ癒せれば、魔王の死を回避できるのではと思っていた。それが、こうも強く魔王を倒せと命じられるとは。

「私がストーリーを変えようとしたせいで、神様がわざわざお告げに来たのかな？」

ゲームの知識を生かせば、勇者と魔王の和解の道を探ることができるのではないかと、マリーは楽観視していた。けれどそんなマリーの意図をあざ笑うかのように、ゲーム通りに進めようとする強制力のようなものが働いているように感じた。

思いもかけない展開が、マリーの判断を鈍らせる。

「レオン様、大丈夫かな……」

ゲームの登場人物として知ってはいても、実際にはその姿を目にしたことすらない相手だ。どうすれば勇者たちが魔王を信じてくれるのか、今のマリーには思いつかなかった。

マリーと行動を共にし始めた勇者は、最初は魔物退治には不慣れな様子だったが、たった一日の経験でかなりの成長を見せていた。

このままでは、勇者たちはあっさりと魔王城へたどり着いてしまうかもしれない。

互いのことを知る以前に敵対し、信じる根拠を持たない者同士が出会っても、待っているのは傷つけ合い、どちらかが倒れるまで戦う未来しかない。

――避けられるかもしれない戦いをするなんて嫌だ。レオン様が死んじゃうのだけは絶対に避けないと。

「レオン様に注意……というか警告したほうがいいよね」

自然に魔王と出会える機会を待つつもりだったが、それでは間に合わないかもしれない。

「普通に行けば、私たちが魔王城へたどり着くのは一か月以上は先になるはず。神様まで本格的に討伐を指示してくるくらいだもの、魔王様の身に勇者以外にも危機が迫っていてもおかしくない。となれば一刻も早く知らせたほうがいい気がする。それに、レオン様がどういった状況になっているのか自分の目で確かめておきたい。ここは転移を使うべきだよね？」

聖女が使える転移は、一往復分だけだ。レオンに会い、警告だけしてすぐに戻ればいい。

魔王城の付近は瘴気に満ちているため、長時間滞在することはできない。今のマリーのレベルでは、夜明けまでが限界だろう。それでも、警告するくらいの時間なら十分だ。

ここでストーリーを改変することで、どんなしわ寄せが来るか想像もつかない。それどころか、魔王城に着いて早々に殺されることすらあるかもしれない。

それでも、これからレオンに会えるのだと思うと、胸が高鳴ってくる。

マリーはいそいそと動きやすい服装に着替えた。杖を構え、深く息を吸い込む。

精神を研ぎ澄まし、脳内にレオンの姿を思い描く。

目指すは魔王城だ。

第二章　死亡フラグはへし折るもの！

「いざ、レオン様のもとへ。転移(トランスファー)」

ふわりと浮き上がるような感覚がして、次の瞬間には転移は完了していた。

先ほどまでマリーがいた教会の寝室とは違って月明かりもなく、真っ暗闇だ。

何度か目をしばたたかせつつ、目が闇に慣れるのを待つ。

――ここ、どこだろう？　雰囲気からして魔王城であることは間違いなさそうだけど。

とりあえずは人の気配を感じなかったことに、マリーはほっと息を吐いた。

「このような場所に、人の女がなんの用だ？」

しかし、思いもかけない声に、マリーはびくりと飛び上がった。

それは間違えようがない、前世でマリーが幾度となく聞いたキャラクターの声だった。

――レ、レ、レオン様だー！　おおお、推しが、最推しが目の前に！　って、ここまさか、レオン様の寝室じゃ？

内心では狂喜乱舞していたが、一方では予想外の展開に背中をだらだらと冷や汗が伝う。心臓はものすごい勢いで脈打ち、息もままならない。

――やばいやばいやばい。このままじゃ、死亡フラグ乱立アンド即回収しちゃう！

マリーのすぐ横でぼわりと音がして、明かりがいくつか点けられた。暗がりに浮かび上がったのは、闇の中でも艶やかな光を放つ、漆黒の長い髪の男だった。

頭部のふたつの角は彼が人ではないことを証明している。険しい表情をしていても、彼の美しさは全く損なわれていなかった。

マリーは凄みのある美貌に見惚れたまま、呆然と呟く。

「魔王……様……」

「俺を殺しに来たのか？」

ゲームのスチルで見たままの姿で、魔王レオンはマリーの前に姿を現した。

――推しをこの目で見られるなんて。しかもこの冷たい目、もう……最高。

マリーは感動にうち震えた。しかし我に返り、慌てて否定する。

「まさか！　いいえ……違います」

「ならば、なに用だ？」

「警告を……」

マリーは彼の美しく澄んだ空色の瞳から目が離せない。

危険だとわかっているのに、彼の目に見入ってしまう。

「なんの警告だ？」

――ああ、尊い（とうと）よう……。これが本物のレオン様なんだ……

マリーは場違いな感想を抱きつつ、どうにか問われたことに答える。

「勇者が、旅立ちました。あなたを倒すために」

「ははは。なにかと思えば宣戦布告ではないか！　それにしても、勇者が生まれていたとは知らなかった。となると、その聖杖……おまえは聖女か。ならばやはり俺を倒しに来たのではないか？」

レオンの表情が面白いと言わんばかりに歪んだ。

「違います、そんな理由でここに来たんじゃ……」

マリーは首を横に振った。

突然寝室に現れた怪しげな女の言うことなど、レオンが信じられないのも無理はない。彼を助けたいという気持ちを、いったいどうすれば信じてもらえるのだろう。

「なにも違わぬだろう。とにかく、こんな夜更けに魔王たる俺の部屋に来たのだ。どうされても文句は言えぬなぁ？」

レオンは冷たい声で言い放つと、一気にマリーとの距離を詰め、目の前に立った。

――やばい。このままじゃ本当に死亡フラグを回収しちゃう！　ああでも、レオン様を助けたいなら、ちゃんと伝えないと……！

至近距離で見る美貌に、マリーは息が止まりそうになる。それでも、どうにかして危機を伝えたかった。

「いいえ。私は、魔王様と勇者に戦ってほしくなくて」

「おまえは勇者の仲間で、聖女なのだろう？　俺と敵対する立場でふざけたことを言うな」

レオンの声は地を這うように低い。

かなり機嫌が悪そうだが、ここでひるむわけにはいかなかった。神が討伐を指示した以上、もう時間の猶予はない。マリーはレオンの迫力に負けじと声を張り上げた。

「ふざけてなんて！　ふざけてこんな場所に来るなんて、できるはずないでしょう！」

――私だって、いきなりレオン様の私室に転移するなんて思ってもみなかったよー！

なんとか穏便に接近して、できたら正体を明かさず警告だけしてすぐに帰ろうと思ってたのに！　考えなしな私のバカバカ！

レオンがマリーを見下ろす目は、不信感に満ちていた。

信じてもらえない悔しさが募り、マリーは唇を噛みしめる。

「ならば、なにをもって敵意がないことを証明するつもりだ？」

「なにをって……」

――どうすれば、信じてもらえる？

マリーの頭の中は真っ白になった。話してみればわかってくれるかもしれないと思っていた己の浅はかさに、どんな言葉も出てこない。

「それは……」

「それは？」

レオンはマリーの顔に手を伸ばした。

緊張に思わず身体が縮こまる。

レオンの手が触れたかと思うと、強い力でマリーの顎先を捕らえた。

「信じてほしいというのならば、態度で証明すべきであろう？」

ゲームの中で何度も耳にした声が、耳元でささやかれた。艶やかで色気を含んだレオンの声に、マリーは呆然と立ち尽くす。

「おまえは聖女だろう？　それでも敵対するつもりがないのなら、その癒しの力を俺に与えるがいい」

レオンの口が大きく開いたかと思うと、鋭い犬歯が白く輝くのが見えた。

恐怖に思わずぎゅっと目をつぶったマリーの口元に、レオンの吐息がかかる。

「ま……」

待ってほしいというマリーの声は、レオンの口に呑み込まれた。

噛みつくような激しいキスに息を奪われる。

彼の舌が唇を割って入り込み、マリーの口内に溢れた唾液をすすった。

「あ……、っや、ぅん」

奥に縮こまっていた舌を絡め取られ、蹂躙される。

——ひえええぇ！　ま、ま、待って？　これ、私キスされてるー？

未知の感覚に翻弄され、マリーは与えられる熱に喘ぐほかなかった。

上顎をなぞられ、歯列をかすめたかと思えば、また舌が絡められる。

未知の感覚はマリーの脳の処理能力を超え、彼女の身体がくらりと傾いだ。

杖はとっくに手から離れ、床に転がっている。

床に崩れ落ちそうになったマリーの身体を、レオンのたくましい腕が支える。

レオンは腰の抜けた彼女の身体をそっと床に横たえ、覆いかぶさった。

「これが聖女の身に宿る癒しの力か……。なんと素晴らしい」

レオンは感極まった様子でほうっと息を吐くと、彼女の顔を見下ろした。

マリーは自分の身に起こっていることが現実ではないような、不思議な気分でレオンの目を見つめ返す。

薄暗い部屋の中でもわかるほどに、レオンの顔色がよくなっているのがうかがえた。

——えっ？　キス程度でも効果があるの⁉

マリーは自分でも聖女の体液の効果に驚いていた。それに、体液を用いた特別な癒しは、聖女が選んだたったひとりにのみ与えられるものだ。それが発揮されたということは――

動揺するマリーの姿を、レオンが見つめる。普段は美しい空色であるはずの瞳が、興奮に赤く色を変えていた。感情が昂る（たかぶる）と赤く光るのは、ゲームでの設定のままだ。

「たったこれだけの口づけで顔を赤くするとは、その力に似合わずずいぶんと初心（うぶ）なのだな」

体液で癒し（いや）を与える存在であることをからかわれて、マリーの顔が羞恥で更に真っ赤に染まる。

「初めてだったのにっ……」

あまりの早い展開に抵抗する暇もなかったが、マリーが異性と口づけを交わしたのはこれが初めてのことだった。

前世の記憶でも、今世においても、これほど近く異性と触れ合ったことはない。

「それはそれは。いいものをもらったと喜べばいいのか？」

レオンは喜々として、マリーに美しい顔を寄せる。

恐ろしいほどの美貌が至近距離に迫り、マリーはますます混乱した。力の抜けた身体では大した抵抗もできず、ただ彼の顔を呆然と見つめる。

「もっと、その癒しの力をよこせ」

「やっ……！」

マリーはせめてもの抵抗として、顔を背け、目を強くつぶる。しかしそんなわずかな抵抗は、レオンの前では無力だった。

再び近づいた唇が、マリーの唇を奪った。

「……んんっ、やめっ」

「これだけでは足りぬ。もっとだ。もっとよこせ」

「っふ、あ……ぁ」

口の中の唾液を全て飲み干さんばかりに、強く吸い付かれる。大きくて分厚い舌が、マリーの口内を嬲った。

角度を変えながら、深い口づけがマリーの息を奪う。舌ごと唾液をすすられて、ぞわりと背筋をなにかが駆け抜けた。

彼の腰が押し付けられ、ふたりの身体が密着する。

「っあ、……ん」

わずかな隙間から喘ぐように吸った息さえも、また奪われて頭がくらくらした。押し付けられた身体の熱さに、マリーの身体もまた熱を持ち始めていた。

――あ、ダメ……

薄く開けた目から見えた間近に迫るレオンの顔は、恍惚としていながらも、獣のように飢えた表情をしていた。

その艶めいた表情にマリーの胸はどきりと高鳴る。

舌の付け根を舐められて、背筋にぞくりと痺れが走った。

「っふ、あ……ぁ」

深すぎる口づけにこのままでは意識を失うと思った瞬間、ようやく唇が解放される。

「ぷはっ、あ、はあっ。もう……、十分で……しょう?」

マリーは肩で息をしながら、レオンを睨み付ける。マリーの険しく細めた目には、わずかに涙が滲んでいた。

「とりあえずはな……」

「だったら、どいて」

もはや憧れの『レオン様』はどこにもいなかった。目の前にいるのは、その名に相応しい、魔を支配する王そのものだ。

レオンはのしかかっていた身体を起こし、ようやくマリーを解放する。

彼の手を借りて立ち上がったマリーは、わざとらしく音を立てて服についたほこりを払った。冷静さを取り戻す時間を、悪あがきして稼ぐ。

――や、やばかった。あのままキスが続いてたら……どうなってたんだろう。さすが十八禁乙女ゲーム『テラ・ノヴァの聖女』。侮れぬ……

マリーは深呼吸をして気持ちを立て直す。

「それで……魔王様におかれましては、私の話を聞いてみようと思うくらいには、信じてもらえたのでしょうか？」

マリーは精一杯の嫌味を込めて、レオンを睨み付ける。

けれどレオンは意味ありげな笑みを浮かべるだけで、マリーの嫌味を意に介した様子もない。彼の目はすでに美しい空色へと戻っていて、興奮していたことを示すものはもうなかった。

「よかろう。おまえの言いたいことを述べてみるがいい。立ち話もなんだ。そこに座れ」

レオンが部屋の中央に置かれた天蓋付きの大きなベッドを指し示す。

唇を奪われたばかりの生々しい記憶が消えないマリーは、ベッドに腰を下ろすのがためらわれた。

「椅子はないの？」

「あいにくとここは眠るための場所であって、話をするための場所ではない。押しかけた客に礼儀を尽くす義理もないしなぁ？」

意地悪く眉を上げたレオンに、マリーは馬鹿にされたような気がした。

「わかりました。押しかけた私が悪いので、我慢します」

マリーは澄ました態度を崩さぬよう、ゆっくりとベッドに腰を下ろす。

「それで、話とは？」

どこから話そうか迷ったが、結局はありのままを伝えるしかできないと思い直し、マリーは口を開いた。

「私はついさっき、神様から神託を頂いたんです」

「神から、だと？」

それまで面白がっていたレオンの表情が一変する。

マリーは顔色をうかがいながら、おずおずと口を開く。

「それで……、神様はこの星を癒（いや）すために、魔王を倒せ、と言われたのです」

「ほう、星を癒（いや）せ……と？」

考え込むようなレオンの真剣な表情に、マリーの胸はどきりと跳ねた。

不意にレオンの表情がなにかを閃いたというように変わる。

「なるほど……。そういうことか」

「なにか、知っているのですか？」

ゲームではキャラとして登場しなかった神について、マリーはほとんど知識を持っていない。もしもレオンがなにか知っているならば、それがレオンを救う手掛かりになるかもしれない。マリーはレオンに詰め寄った。

レオンは意地の悪そうな顔でにやりと笑った。

「そうだな……、おまえに代価が払えるのならば教えてやってもいい」

「代価って……？」

もったいぶったレオンの態度に、マリーは戸惑う。

「そうだ。情報を教えることで、俺になんの得がある？　しかも、自分の不利になりかねない情報を易々と教えると思うか？」

「それはそうだけど……」

マリーの視線が宙を泳ぐ。レオンがなにを求めているのかは、なんとなく予想がついた。

嫌な予感に胸が騒ぐ。マリーは口の中に溜まった唾を呑み込み、意を決して尋ねた。

「なにが……欲しいの？」

「おまえの身体だ。口づけで得られる程度の癒(いや)しでは足りん」

あからさまな言葉に、マリーの身体がびくりと震える。

予想通りの答えだったが、欲しいと言われて、はいそうですかと簡単に与えられるものではない。

マリーは鋭くレオンを睨んだ。

「あなたの情報に、それだけの価値はあると？」

「ああ。そういえば、口づけが初めてだと言っていたな。初めての交わりだとしても後悔はさせぬほどに蕩かしてやるから、心配はいらぬ」

レオンはそう言いながら、ぺろりと舌で唇を舐める。

その艶めいた仕草に、マリーの胸はバクバクとうるさいほどに鳴り出す。恥ずかしさを誤魔化すように叫んだ。

「もう、そんな心配じゃなくて！」

「どうだ？　支払う用意はあるのか、聖女？」

「聖女じゃなくて、マリーよ」

マリーは少しでも答えを先延ばししたくて、話を逸らそうとする。

特別な癒しが、聖女が選んだたったひとりにだけ与えられるというのなら、マリーは前世からとっくにレオンを選んでいた。だからこそ、先ほどの強引な口づけでさえも、癒しの力が発揮されたのだろう。自分の能力が少しでも最推しの助けになれるのならば本望だ。

けれど前世越しの未経験者にとって、最後まで身体を許すという行為はかなりハードルが高い。マリーの心は天秤のようにゆらゆらと揺れた。

「実のところ、俺の魔力は枯渇状態だった。だが、先ほどの口づけのおかげで、ずいぶんと回復した」

レオンはそう言いながらも弱みを見せるのが不本意だとばかりに、不満げに口をとがらせている。

不意に見せた彼の弱った姿に、マリーの胸がぎゅっと疼く。

推しキャラであるレオンを助けたい気持ちと、未知への恐れがぐるぐると渦巻いた。

「やっぱり、む……」

マリーが口にしかけた断りの文句を、レオンが遮る。

「星を癒すには大量の魔力が必要だ。だがそれほどの魔力を持てるのは、魔王か勇者くらいのものだ。神は俺の魔力を欲しがっているのだろうよ」

「それは！」

――やられた！　断ろうと思ったのに、これじゃ押し売りだよ……先に情報だけ聞いてやっぱり無理、なんて私がレオン様に言えるわけないじゃない！　しかも、どうしてそんなにあっさりストーリーの核心をバラしちゃうのー？

たった今、レオンが口にした内容は、本来であれば勇者との死闘の末に語られる真実であったはずだ。ストーリーと現実との齟齬にマリーは混乱する。

「マリーは魔王と勇者が戦う理由を知っているのではないか？　倒した相手の魔力を星に還すことで、この傷ついた星を癒すことができるのだと」

「それは……」

――知ってるけど、どうして初対面の私にそれを言うの？　こんなイベント、ファンディスクにもなかったのに、どう答えるのが正解なの？

マリーは必死に思考を巡らした。

「理由は話せないけれど、魔王様の膨大な魔力を必要とするほど、この星は傷ついているということなら、知っています……」

マリーは動揺しつつも、レオンが不信感を覚えない程度に話を合わせる。

「そうだ。でなければ、これほど魔物が生まれるはずがない」

レオンは真剣な表情でうなずく。

「ちょっと待って！　魔物を生み出しているのは、魔王じゃないの？」

まるで他人事のように話すレオンに、マリーは驚いた。

「傷ついた星が自らを癒そうと生み出しているのが魔物だ。我が眷属である魔物が増えれば、俺の力が増す。増えた魔物を勇者が倒せば、勇者の力が増す。星にとっては最終的にどちらが生き残ろうと、大差はない。増えた魔力を食らって生き延びる。俺とて、わずかなりともこの宿命に抵抗しようと、星に魔力を注いではいるものの、砂漠に水を注ぐがごとしで、ほとんど手ごたえがない。本来、多少の傷であれば、生命が循環するうちに勝手に治るのだがな。これは相当大きいのか、あるいは……」

そこまで言って言葉を止め、レオンは大きなため息をこぼした。

「魔物を生み出しているのは……傷ついた星そのものだったなんて」

マリーは淡々と告げる彼の横顔を見つめながら呟いた。

マリーはレオンが自分を犠牲にして星を癒していることを、ファンディスクをプレイして知っていた。否、知っているつもりになっていた。

けれど実際にレオンの様子を注意深く観察してみれば、顔色は悪く、やつれている。星の傷を癒そうと、かなり無理をしているに違いない。

レオンの痛ましい様子に、マリーの胸は痛んだ。

「そうだ……。こんなことで嘘をついてどうする」

「それは……そうだけど」

プライドの高いレオンが嘘をつくはずもない。マリーの胸には、なんとしてでもレオンを助けたいという強い気持ちがこみ上げてくる。

「私は……魔王様を助けたい。勇者たちがあなたを倒す必要なんてないことを知ってる……。でも、それを勇者に信じてもらえるほどの証拠もなければ、どうすればいいのかなんて、まだわからない……。でも、これだけは信じてほしい。私は勇者にあなたを殺させたくない」

「ははは っ、なかなか面白いことを言う！　だが、俺がおまえの言葉を信じる根拠は、なんだ？」

――くっ、声がいい……

蠱惑的な流し目に、マリーの胸は痛いほど高鳴った。

「それは……」

確かにレオンから信頼してもらえるほどの関係は、築けてはいない。信じてもらうために、マリーが今持っている手段はひとつしかない。

――どのみち、こんなにやつれたレオン様を、ほうっておけるわけがない……

マリーは覚悟を決めて深く息を吸い込んだ。

「私が魔王様を癒す……。それなら信じてくれるでしょう？　別に、最後までしなくちゃダメってわけではないわよね。要は癒す源である、た、体液さえ摂取できればいいんだから！」

マリーは緊張のあまり舌を噛んでしまう。

――身体が欲しいっていっても、レオン様が必要としているのは癒しだもの。それなら唾液以外の体液、そう……たとえば血だっていいはず。痛いのは嫌だけど、献血だと思えばいいんだから。別に性行為をしなくちゃダメってことはないはずなんだし……

レオンとの行為を想像してしまい、マリーは頬を真っ赤に染めた。慌てて彼から視線を逸らす。見えないけれどおそらく耳まで真っ赤になっているはずだ。

「俺のことはレオンと呼べ。閨の中で魔王と呼ぼうものなら、そのたびに仕置きをしてやろう。仕置きはなにがいいか……」

「なっ……！」

言葉を失うマリー。

あっという間に近づいたレオンは、いとも容易く彼女をベッドの上に押し倒した。

柔らかな布がマリーの身体を受け止める。

――ひえええぇ。待って、待って？　本当に、無理だから！

マリーは慌てて起き上がろうとするが、レオンに押さえ付けられて叶わない。

「待って、魔王様っ！」

「仕置き、ひとつ」

舌なめずりをしながら、レオンは彼女の服を脱がせ始めた。

「えっと、れ、レオン、待って！」

「なんだ？」

「さっきも言ったけど、別にえ、え、エッチしなくても、血くらいならあげるからそれでいいでしょ？」

「却下だ」

「は？」

てっきり承諾されると思い込んでいたマリーは、ぽかんと口を開けた。

「俺が満足できるほど多くの血を流せば、匂いでなにごとかと部下がやってくるだろう。俺は別に見られてもかまわないが、おまえはいいのか？」

「そ、それは……嫌」

魔物がうじゃうじゃと押し寄せる光景を想像し、マリーはぶるぶると首を横に振った。

「ならば、大人しく抱かれろ。どうせなら俺も気持ちいいほうがいいからな」

「ってそんなこと言われても！」

「もう、黙れ」

マリーの口は強引に塞がれた。レオンの口づけで。

「んんっ……！」

マリーの両腕は柔らかなベッドの上でひとまとめにされ、縫いとめられた。

レオンは激しい口づけを繰り返しながら、空いたほうの手で器用に一枚、また一枚と服を脱がしていく。

動きやすければいいとマリーが選んだ服は、レオンの手を阻むには心もとないものだった。

あっという間に肌を晒され、わずかに腰に引っかかっている下着がマリーにとっての最後の砦となる。

マリーは必死になって暴れた。

けれど、たくましいレオンの身体は、マリーが押したくらいではびくともしない。

さほど強い力ではないのに、レオンは抵抗できないようなポイントを的確に押さえ込んでいた。

レオンの細く長い指先が肌に触れると、そこからぞわぞわと得体の知れない熱がマリーを襲う。

くすぐるような優しい手つきに、悪寒のような感覚が止まらない。

「あっ、やだぁ、そこっ」

「初めての割に、感度がいいな。こんなことでは最後まで持たんぞ？」

「最後までなんて、しないんだからぁ……！」

涙目になりながら、マリーはレオンを睨み付けた。

「そのような目で見ても、男を煽るだけだ」

レオンはあらわになった胸元に吸い付いた。

ちりりと痛みが走ったかと思うと、マリーの透き通るように白い肌の上に、赤い吸い痕がいくつもちりばめられていく。

「っは、う……ぁ」

彼の長い髪が胸元に降りかかり、彼女の肌をくすぐる。

マリーは涙に滲む視界で、これは本当のことなのだろうかと現実逃避したくなった。

「なにを考えている？　きちんとこちらに集中しろ」

「ああっ！」

仕置きとばかりに、レオンは彼女の胸の頂に吸い付いた。

マリーの背は弓なりにしなり、白い喉がのけぞった。きゅうっとお腹の奥が熱くなる。

「んあぁぁ……、あぁ、魔……王さまぁ！」

頭が溶けてしまったかのようになり、なにも考えられなくなる。抵抗しようとする意志はいつの間にか萎え、ただレオンの愛撫に喘ぐことしかできなくなっていた。

「仕置き、ふたつだな……。存分に啼くがいい。その艶めかしい声をもっと聞かせよ」

彼の大きな手が胸をやわやわと揉むと同時に、唇が胸の尖りを強く吸い上げる。

「んあ、あぁぁっ！」

更に彼のざらりとした舌で舐められると、マリーの胸の先端が芯を持って立ち上がった。

胸の先がきゅうっと痛いくらいに張り詰めていく。

マリーの目の前が、ちかちかと明滅した。

がくがくと身を震わせるマリーの姿に、レオンの目は弧を描き、口元は満足げな笑みを刻んだ。

マリーの胸を嬲っていた唇が、今度は下に向かって移動する。へそのまわりをさまよったかと思えば、ほっそりとした腰へとたどり着く。そして、腰骨のくぼみをぬるりとなぞった。

マリーのつま先がピンと伸びた。

「んあっ、っや、あ……ぁ」

「ああ……。よい声だ」

彼の指がマリーの足のあわいを薄い布越しに探る。わずかに染みた蜜が布の色を変えていた。

「ふふ、まだ蜜をこぼすには早いか」

低い笑い声に、マリーはぶるりと身震いした。

レオンはふ、と息を吹きかけたあと、太ももに唇を這わせる。

「んんっ……」

彼の指が足をなぞり、下へ移動していく。

肝心な部分に触れないまま、性感を高めるようなレオンの手の動きに、マリーは音を上げた。

「そういうのっ、いいからっ。体液さえあればいいんでしょう？　さっさとやって！」

これ以上痴態を彼の目に晒すのは我慢できなかった。それなら癒(いや)しの効果を持つ愛液をすすられたほうがましだった。

レオンは足元から彼女を見上げながらにやりと笑う。

「本当にいいのか？」

「いいって、言ってるの！」

半ばやけになって叫んだ。

「言質（げんち）はとったぞ」

レオンの両手が太ももに掛かった。

秘められていた部分が広げられるのを感じて、マリーは息を呑む。

「……っ。みな……いで」

顔を真っ赤に染め、強く目をつぶる。そんなことをしてもこの現実は消えないとわかっていても、目を閉じずにはいられなかった。

——も、ダメ。恥ずか死ぬ。

「そのようなもったいないこと、できるはずがなかろう。恥ずかしがることはない。おまえは美しい」

ほっそりとした彼の指が、あっさりと布を取り払い、マリーの髪色と同じプラチナブロンドの茂みをそっとかき分ける。

「さあ、俺のために癒（いや）しの蜜をこぼせ」

レオンはマリーの足を更に大きく広げると、ためらうことなく秘処に顔を近づけた。

「ひうっ！」

ぬるりとした舌の感触がそこを這った。

びりびりとつま先まで電気が走ったように、痺れた。

「甘い、甘い匂いだ」

まるでミルクを舐める猫のように、レオンはマリーの秘部に舌を這わせる。

襞(ひだ)をかき分け丹念になぞられるたびに、彼女の足はぴんと張った。

「っや、あ、やだぁ……」

同時に彼の指が濡れ始めた場所へと潜り込む。

「まずは、一本」

細く長い指がずぶずぶとナカに沈んでいく。

マリーは違和感に思わず顔をしかめた。

「狭い……な」

これまで誰にも触れさせたことなどないのだ。当たり前のことをわざわざ口にするレオンの意地の悪さに、マリーはかっとなった。

「あたりっ、まえ……で、しょ……う」

強がりを口にしながらも、ぞわぞわと背筋を這い上がる感覚に、マリーはシーツを強く握りしめた。

ナカを蹂躙する指の動きが収まり、やり過ごせたかと深く息を吐いた瞬間、襞のあいだを舐められて、総毛立つ。

「ああ、や……ぁ」

腰が溶けたようになって、力が入らない。マリーは強く目をつぶった。

滲んでいた涙が、ぽろりとこぼれて頬を伝う。

「足りぬ。もっとだ」

襞のあいだに隠されていた小さな膨らみを見つけたレオンは、その場所を強く吸った。

「っひ、あ、あ！」

あまりの衝撃に、マリーは大きく目を見開いた。

びりびりと電撃に打たれたように、目の前が真っ白になる。

マリーはびくびくと身体を震わせながら、呑み込んでいたレオンの指をぎゅうぎゅうと締め付けた。

「ああ、イったか……」

満足げなレオンの声にも、マリーは反応する余裕がなかった。

「っは、あ、はっ、あ……」

息をするのもままならず、強くシーツを握りしめる。

「ああ、溢れてきたな」

身体の奥からとろりとなにかが溢れてくる。

レオンは待っていたと言わんばかりに、秘所に吸い付き、じゅるじゅると音を立てながら彼女のこぼした蜜を吸い上げた。

「っひあ、や、やめっ、それ、やだぁ……やめてぇっ！」

達したばかりで敏感になっていたところに、容赦なく刺激を加えられて、マリーは羞恥をかなぐり捨てて懇願した。

「よい、の、間違いだろう？」

「っひ、ちがっ、ああっ」

言葉の合間にも、レオンはそこに丹念に舌を這わせる。

いつの間にかナカに入っていた指が増やされていた。くじるような指の動きに反応して、マリーの蜜壺から更に蜜が溢れ出す。

未知の感覚に翻弄され、マリーは恐怖した。シーツを握りしめた指が白くなるほど力がこもる。

「あっ、またっ……、くるっ……！　やだぁ、こわ……いの、やぁ」

「怖くなどないはずだ。気持ちいいと認めろ。身体の声に素直になれば、もっと気持ちよくなれる」

レオンの蠱惑的な声がささやく。

「きもち……い？」

なにも考えられないままに、彼の言葉を繰り返した。

「そうだ……、ほら」

再び秘所の膨らみを吸われて、悦楽の頂点へと押し上げられる。

「あっ、ま、イ、っちゃ、う」

「存分に、イけ」

レオンは言葉と同時に指を曲げ、内部を刺激した。

「っく……、っは、あ、やぁ……！」

彼の言葉に従ったかのように、マリーの身体はあっさりと極まった。

ひくひくと彼の指を締め付けながら、打ち震えることしかできない。

短い間に二度も極まったマリーは、息も絶え絶えになっていた。身体に力が入らず、頬にはぽろぽろと涙が伝った。

「も、いい、でしょ……？」

癒しのための体液は十分なはずだ。

これ以上レオンに触れられると、彼に縋り付いてしまいそうだった。

マリーは必死に息を整えようと肩を上下させた。

「なにを言う。これからが本番だ」

「え、うそ」

溢れ出る蜜を舐めとったレオンは、顔を上げぺろりと唇を湿らせた。

その艶めいた表情に、視線が釘付けになる。

ぼうっとレオンに見惚れていたマリーは、彼の指が引き抜かれたことに気づかずにいた。

大きく広げられた足のあいだに、レオンが身体を押し付けてくる。彼は着ていた服をあっという間に脱ぎ捨てた。

たくましい裸身がマリーの目の前に晒される。無駄な肉ひとつない、引き締まったレオンの肉体は、完成された芸術品のように美しい。

そして彼の股間にそそり立つ男性の証は凶悪なほどに大きく、反り返っていた。

「あ、あの……。それ……、痛くないの？」

マリーは危機的状況も忘れて、思わずそこを指さし、問いかけていた。

「ふ。なにを問うかと思えば……。痛くはない。早くおまえのナカに入りたいと疼いてはいるがな」

「……っ」

あけすけな言葉に、マリーは耳まで真っ赤になった。

前世と今世を合わせても異性と親しく触れ合った経験などない。ましてや、秘部を晒したことなどあろうはずもなく、この先になにが待っているのかは、それこそゲームでプレイしたシーンからしか想像できない。

あまりに破廉恥なレオンの台詞を、真っ赤になりながら、聞いていないふりくらいしかマリーにはできなかった。

「ふ、本当になにも知らぬのだな」

レオンは目を細めて笑い、再び襞のあいだに指を潜り込ませた。

「んぁあっ！」

先ほどまで彼の指を呑み込んでいた場所は潤み、容易く侵入を許した。彼の指がぐるりと内部をなぞり、ほぐすように動いた。

「……っく、っは」

くちゅりと厭らしい水音が、静かな寝室に響き渡る。

マリーは羞恥に目がくらみそうになった。

「厭らしくて……よいな。もっと蕩けるがいい」

「言わないでって、……言ってるのにぃ……」

マリーの抗議は、ナカを穿つ指が増やされたことで、尻すぼみになる。

入り口付近まで抜かれた指がすぐに奥まで入ってくる。

「ほら、どこが気持ちいい？　俺に教えろ」

「やぁ……、言わないぃ」

マリーは首を振って必死にこみ上げる快楽を散らそうと、儚い抵抗を続けていた。

くすぐるように動いていた指が、ナカのある場所に触れた瞬間、マリーの背をびりびりと快感が駆け抜けた。背が弓のようにしなり、腰が跳ねる。

「っは、あ、っやぁ、そこぉ……だめぇ……」

「ふ。ここか？」

にやりと笑ったレオンは、その部分を執拗に嬲った。

「っひ、あ、あ、あぁぁ」

「素直に気持ちがいいと認めよ」

レオンの低く響く声に、マリーはもう意地を張り通すことはできなかった。

彼の指が抜き差しを繰り返すせいで、まともに考えることができない。

マリーは蕩けた瞳でレオンを見つめ、うっとりと呟いた。

「いい、きもち、いぃ……」

「いい子だ。そうか、ならばもっと気持ちいいものが欲しくはないか？」

「もっと……？」

ぼんやりと繰り返すマリーに、レオンの笑みが深まる。

「そうだ。どうだ？」

「ん……、ほし……い。もっと、きもち、いい……の」

「承知した」

レオンの表情は獲物を前にした獣のようだった。

マリーの腰を抱え上げ、硬く立ち上がったソレを、蜜をこぼすその部分に宛がう。ぬぷりと先端が潜り込む感触に、マリーは我に返った。

――いや、嘘、うそっ！　なにこれ？

衝撃にマリーは目を見開き、鋭く息を吸う。

「ひ……！」

「くっ、きついな……。マリー、息を吐け」

「っく、っは、あ」

隘路を押し開かれ、ずきずきとした痛みが繋がった部分から広がる。痛みが快楽をかき消し、マリーの思考は一気に塗り替えられた。

「痛いの、やぁ。抜いてぇ……！」

ぽろぽろと涙がこぼれて、頬を伝う。マリーは力なく拳でレオンの胸を叩いて抗議する。

だが、レオンはびくともせず、恍惚とした笑みを浮かべていた。

「泣き顔も、いいな」

「やだぁ、変態ぃ……！」

「なにを言うか。男はみな変態だぞ」

「そんなの、しらな……ぃ」

レオンがマリーの腰をつかみ、更に奥へと進む。

お腹の奥で、ぶつりとなにかが切れたような感覚がした。

「いやあぁ、痛いの、やめて、もう、いやぁ……」

マリーは身も世もなく泣き叫んだ。

「すぐに癒える。痛むのは一時のことだ」

レオンはうっとりとした声色で、マリーの耳元でささやく。

「やだぁ、抜いてぇ……」

ずきずきとした痛みに、なにも考えられず涙をこぼすマリーとは対照的に、レオンは嗜虐的な笑みを浮かべていた。

「泣き喚くおまえもよいが、ほかの顔が見てみたい」

レオンは腰を抱えていた手を離し、胸に伸ばす。

ずっとほうっておかれた胸にやわりと触れたかと思うと、その頂をきゅっと摘まみ上げた。

「きゃうっ！」

びりびりと胸の先から、腹の奥に向かって電流のように快楽が走る。

胸の先を摘まれると同時に、レオンの腰が再び動き始めた。

痛みは違和感に変わり、やがて明らかな快感に取って代わる。

指で散々嬲られた場所を狙って、剛直が何度も往復する。揺さぶられた足が宙で揺れる。

甘い責め苦に、再びマリーの脳裏は快楽に塗り替えられていく。

「ひゃうっ、あ、っふ、あ、あぁぁ！」

自分のものとは信じたくないような、はしたない喘ぎ声が喉からひっきりなしにこぼれた。

マリーは思わず覆いかぶさる彼の肩にしがみつく。

「愛いな」

レオンはぽつりと呟き、腰を打ち付けた。

「っあ、っひ、やだぁ」

つま先から頭のてっぺんまでびりびりと快楽が走る。自分が全て塗り替えられてしまうような感覚に恐怖しながらも、マリーは呑み込んだ剛直を強く締め付けた。

「ああ、そんなに締め付けるな」

「ちがっ、そんなのっ、して……ないっ」

「ほう、無意識か？」

意地の悪いレオンの言葉に、羞恥がこみ上げてくる。ぽろりと目尻からこぼれた涙を、レオンがぺろりと舐めとった。

「うむ……、極上だ」

わずかに弾んだ息でささやく彼の声はとても満足げだった。彼の頬は興奮に上気し、真っ赤に染まった瞳が爛々と輝いている。

涙で頬を濡らすマリーを宥めるように、レオンは口づけを仕掛けてくる。

するりと口内に入り込んだ舌が、彼女の舌の付け根を舐め上げた。

「ん、っふ、あぁ……」

溢れそうになる唾液をレオンは強く吸い上げる。一緒に息まで吸われて、マリーはくらくらした。深く口づけられると同時に、腰を打ち付けられ、頭の中が白く染まっていく。強すぎる嵐のような快楽に翻弄されることしかできない。

レオンが腰を打ち付けるたびに、ふるりとマリーの豊かな胸が揺れた。

胸を揺さぶられる感触にさえ、快楽を拾ってしまう。切なさにマリーのお腹の奥が疼いた。

その切なさを知っているかのように、レオンの動きが激しくなる。

ごつりと音がして、剛直が最奥へと到達する。

そうして初めてマリーはこれまで奥に届いていなかったことを知った。

「ひうっ……」

「ああ……、全て入った」

愉悦そのものの表情でレオンは笑った。

とぷりと愛液が奥から溢れる。

レオンの楔(くさび)が内部をえぐるように突いた。

その瞬間、マリーは絶頂に達していた。

目の前に星が散って、宙に浮いたつま先がびくびくと痙攣する。

「ああぁん！」

「本当に、愛(う)いな」

耳元でレオンがささやくが、なにを言っているのか理解する余裕はマリーにはない。

びくびくと断続的に楔(くさび)を締め付けてしまう。

「はっ、締めすぎだ」

レオンは息を乱しながら、止まっていた腰を動かす。

達した感覚が一向に収まる気配はなく、マリーはぽろぽろと涙をこぼした。

「っやあ、動か……ないでっ。も、おかしくなるっ……からぁ」

「ふ。ならば、もっと、何度でも、イくがいい！」

荒い吐息と共に腰を打ち付けられて、マリーは更なる絶頂へと押し上げられる。

「ひあぁぁっ！」

びくびくと勝手に腰が跳ねる。

レオンは低く呻くと同時に、己の欲を解放した。精を吐き出すたびにマリーの中でレオンの雄がびくびくと跳ねる。

レオンの白濁がマリーの腹の奥に注がれた。

マリーは注がれた熱さに、ぎゅっと目をつぶった。その熱がぐるぐると腹の奥で渦巻いている。まるで全てが彼に塗り替えられてしまいそうで、マリーは慄いた。

「んふ、は……ぁ」

腹の奥がきゅうきゅうと疼き、更に剛直を締め付ける。

「くぅっ、そのように締め付けるなとっ」

レオンは切なげに眉をひそめ、上ずった声を上げた。

ぶるりと身体を震わせ、熱のこもった吐息をこぼす、余裕のない彼の姿に、マリーは少しだけ溜飲が下がる。

レオンが動かなくなった頃を見計らって、マリーは彼の胸に手を当てた。

「魔王さ……ま、も、離れ……て。満足……した、でしょう？」

マリーの言葉が気に食わなかったらしく、レオンの眉間には深いしわが刻まれる。

「仕置き、三つ目だ」

「いいから、離れてよっ……！」

「……よかろう」

ずるりとレオンが抜けていく感覚に、マリーは身震いした。

レオンはため息をこぼし、それから満足そうに笑みを浮かべた。

「さすがは聖女を名乗るだけのことはある。なかなかのものだ。近年ではないほどに俺の魔力が満ちているぞ」

事実、最初に見た時よりもレオンの顔色はかなりよくなっていた。

癒しを与えることができたことにほっとしつつも、マリーの胸はもやもやしていた。

――別に、レオン様は私のことを好きだから抱いたわけじゃない。最初から聖女の癒しの力が目的だって、言ってたんだし……

わかってはいても傷ついている自分がいた。そして、癒しを与えるためとはいえ、途中から快楽に流されてしまった自分が腹立たしくもあった。

マリーは力の入らない身体をどうにか起こし、少々自棄になりながら言い捨てる。

「お褒めにあずかり、光栄だとでも言えばいいの？」

そろそろ夜明けも近い。朝食までに教会に戻っていなければ不審に思われるだろう。

マリーは自分の着ていた服を捜して、周囲を見渡した。

床に投げ捨てられた服と聖杖が目に入る。

ベッドから下りようと、そろそろと動き始めたマリーの腕をレオンがつかんだ。

「湯くらい使っていけばいい。人の身にこの地の瘴気は毒だが、湯を使う時間くらいならばさほど影響はなかろう。着替えも用意してやるから、感謝するがいい」

確かにこのままでは、人前に出られるような状態ではない。教会に戻ったとしても井戸の水を汲んで身を清めるくらいしかできないだろう。湯を使えるのならば、そのほうがありがたい。

マリーはレオンの申し出の利点を考慮し、不承不承うなずいた。

「……お願いします」

「こちらだ」

「きゃっ！」

いきなりレオンに抱き上げられて、マリーは悲鳴を上げた。

「どうせまともに立てぬだろう。好んで床を汚すこともあるまい」

見上げたレオンの瞳は空色に戻っていた。

少し意地の悪そうな笑みを浮かべたレオンの表情を目の当たりにして、マリーの心臓はどくりと跳ねた。それはゲームの中で散々熱狂した、茉莉の大好きな笑顔だった。彼の少し悪ぶったところに萌えた茉莉には威力が強すぎた。

「……っ。お願い……、します」

――やっぱり、この人は私の好きなレオン様だ。そんな人に、私、抱かれちゃったんだ……。どうしよう……。も、むり……

まともに彼の顔を見られない。

今更ながらに羞恥がこみ上げてきて、思わず彼の肩に顔をうずめた。

こうしておけば真っ赤になった顔を彼に見られずに済む。

「そうだ、そうしてつかまっていろ」

マリーは無言でうなずき、レオンに抱かれて浴室へと移動した。

魔王ともなれば世話をしてくれる者がいそうなものだが、周囲に魔物や人の気配はない。

マリーはそのことに少しほっとした。

たどり着いたのは洞窟のような場所だった。大きな空洞の奥に温泉が湧き出しており、岩のあいだからは温泉が滔々（とうとう）と湯船に流れ込んでいる。

この世界でこれほどのお風呂を目にしたのは初めてのことだった。

「……すごい」

「ふ、聖女のお気に召したようだな」

レオンは低く笑うと、彼女を抱きかかえたまま、ざぶざぶと湯の中に身を沈めた。

腰ほどの深さの湯船に浸かると、思わず長いため息が漏れた。

そうして、マリーはふと我に返った。

背中に触れる彼の肌の感触がひどく生々しい。

「ひ、ひとりで入れるから、もう放して」

「そうか。ならば、着替えでも用意してこよう」

レオンはあっさりとマリーの身体を解放し、湯船から上がっていく。

マリーはなんとなく面白くない気分で彼の背中を見送った。

――私、どうしちゃったんだろう？　あんなに放してほしいって思っていたのに、いざそうされると寂しいだなんて……。それにしても、どうして最後までしちゃったんだろう。警告だけしてすぐに帰ればよかったのに、あんまりにもレオン様が弱っていたせいで予定が狂っちゃったよぉ……

マリーは泣きたい気分になった。

口のあたりまで浸かって、ぶくぶくと空気を吐き出す。

そうすると、なんだか胸の中のもやもやが少しだけ晴れたような気がした。

マリーは湯船の中で手足をそっと伸ばした。

温泉の温もりがじんわりと身体の芯に届き、強張りがほぐれていく。

「そろそろ上がらんと、逆上せるぞ？」

「っきゃ！」

突然声をかけられて、マリーは飛び上がる。

声のほうを振り返ると、レオンが腰に手を当てて立っていた。ガウンのようなものを纏い、湯船に近づいてくる。

「ま、魔王様！」

「仕置き、四つ目だな」

「いいえ、三つのはず！　あなたは閨の中では名前を呼べと言ったのだから。ここはお風呂だし！　それに名前を呼ばなかったくらいで、なにをさせるつもり？」

マリーはどんな要求をされるのかと、内心びくびくしながらも、それを押し隠して尋ねた。

「そうさな……。おまえは確かに約束通り俺を癒したが、また星に力を注げば、すぐにもこの魔力はなくなってしまうだろう。それでは困るのだ……」

「それは……」

次にここへ来るのは、勇者たちと共に魔王を倒すために来る時だとマリーは思っていた。

もちろんマリーにはレオンを倒すつもりなど毛頭ない。

どうにかして勇者たちがこの星の真実を知ることができるように、努力してみるつもりだ。そして、もし勇者たちに信じてもらえなかったとしても、レオンだけが犠牲になる必要などないはずだ。

「私はどうにかして勇者たちにもこの星の真実を知らせたい。そのためには今は彼らのもとに戻らないと。ただどうか、あなたを救いたいという気持ちだけは、信じて……」

「いくら宿敵である俺を癒してくれた慈悲深い聖女の言葉とはいえ、おまえの全てを信じるほど、俺はおめでたくはないぞ？」

レオンの目は冷たくマリーを見下ろしていた。

「それは……」

もしも前世からの気持ちを見せることができたなら、助けたいのだと信じてもらえるかもしれないと、埒もないことを考えてしまう。前世の記憶があるなどと告げても、一笑に付されるだけだろう。

今のマリーには、レオンに差し出せるものは自分しかなかった。

「だからな……」

レオンはにやりと笑い、片手を上げた。

「仕置きの分だけここへ来てもらうことにする」

「……っ!?」

思わず目を見開いたマリーを意に介さず、レオンは詠唱を始める。

「――ここに来たれ、戒めの鎖よ。縛せ、縛せ、縛せ。其は三度の来訪を約束する契約と成せ！」

レオンの詠唱に合わせて、周囲に魔力が満ちていく。

しゃらしゃらと軽い音を立てて、なにかがマリーの首元に巻き付いた。

マリーは慌てて首元に手を当てた。

「な、なに？」

「約束の鎖だ。俺の呼び声に応じさえすれば、この場所に行き来ができるようになる。マリーが俺に癒しを与えれば、鎖は切れる……だが、癒しを与えるという約束が果たされぬというならば、そのままだ」

そこには確かに細い鎖でできたネックレスが巻き付いていた。だがどこにも繋ぎ目はなく、とても外せそうにない。

ペンダントトップにはレオンの瞳にそっくりな空色の貴石が三つ、輝いている。おそらくはこれが魔法の核となっているのだろう。

軽いはずの鎖が、マリーにはひどく重く感じた。

「外れなかったら、どうなるの？」

「さあな？　じわじわと首が絞まってくるかもしれぬなぁ」

レオンが意地の悪い笑みを浮かべる。

彼がゲームのキャラと同じ性格であれば、ただ面白がっているだけで、実際には実行しないだろうとわかっているが、それでも腹立たしいことには変わりない。

「こんなの、無効よ！　私は了承してない！」

「だが否定もしなかった。沈黙は了承したも同然であろう？」

「もうっ……」

マリーは怒りに羞恥を忘れ、ザバリと湯船から立ち上がった。

タオルを広げて待つレオンに近づく。

「そろそろ夜明けが近い。朝までには戻らねばならんのだろう？」

「……そうね」

確かにこんなところで時間を浪費している場合ではない。

マリーはレオンの手からタオルを奪い取って、乱暴な手つきで身体を拭いた。

「貸せ」

あまりに乱暴な手つきに見ていられなくなったらしく、レオンは彼女の手からタオルを奪い返した。

ぞんざいな口調とは裏腹に、まるで壊れものを扱うような優しい手つきで拭われる。

「全く、俺にこんなことをさせるとは」

マリーはもう逆らう気も起こらず、大人しくレオンの手に身を任せた。

「ほら、これでよかろう。それから、服はここだ」

レオンはそう言って、浴室を出ていく。

マリーは岩の上に置かれた服を手に取った。

首元まで覆うタイプの服は、身体に残る情交の痕を隠してくれそうだった。下着もきちんと一通り揃っている。

レオン自らがわざわざ選んでくれたのかと思うと、気恥ずかしい。

用意された服に着替え、髪の水気を拭いながら浴室を出ると、レオンは壁に寄りかかり彼女を待っていた。

マリーの姿に気づいたレオンは壁から身体を起こし、近づいてくる。

「どうした？」

「……なんでもない。服をありがとう」

マリーは黙ったまま、寝室へ戻るレオンのあとに続いた。

聖杖が床に転がったままだったことに気づく。情事の痕跡が色濃く残るベッドを極力視界に入れないようにして、マリーは杖を拾い上げた。

「それじゃあ、帰るわ」

杖を手に振り返ると、にやりと笑みを浮かべた顔があった。

「さほど間をあけずに来い。俺を癒してくれる約束であろう?」

「仕方なくね……」

「癒しを与えぬ限り、首の鎖はそのままだぞ?」

なにもかもを見透かすようなレオンの目が怖く感じた。マリーはその視線から逃れるように目をつぶり、握っている杖に魔力を込める。

「……わかってます。転移」

浮き上がるような感覚と共に一瞬にして、マリーの身体はアルゴーの教会へと転移した。

「帰って……きた」

怒涛の展開に力が抜ける。マリーはずるずると床の上に座り込んだ。

「死ななくて……よかった」

ちょっとした思いつきのせいで、いきなり魔王に会いに行ってしまい、死亡フラグが立ちかけたものの、どうにか回避することには成功したようだ。

だが、マリーが一番避けたかったはずの十八禁的な展開になるとは、予想もしていなかった。

――さすが評判の十八禁乙女ゲー。少しでも隙があるとこういう展開になっちゃうのか。容赦なさすぎるよぉ……

不意にうなじのあたりが疼いたような気がして、手を伸ばす。

「レオン様……」

服の上からでもわかる硬い感触が、鎖の存在を伝えてくる。

――約束の、証。

けれど再びレオンのもとへ行けば、また癒しを与えるために彼に抱かれることになる。

不意にレオンの声と熱を思い出し、マリーの背筋にぞわりとなにかが這い上がった。

――ダメ、思い出しちゃ！

とりあえずは、レオンに危機を伝えることができたので、目的は果たせたと喜ぶべきだ。あとは勇者にどうにかして真実を伝え、信じてもらうことができれば、レオンを助けることができるかもしれない。

けれども、ここまでゲームのストーリーにない状況になってしまった今、油断ならない。ゲームの展開を強引にねじまげたことで、どのようなしわ寄せが来るかわからないのだ。最悪、レオンを助けるどころか自分の命さえ落としかねない。

深刻な状況ではあるが、無理やり契約させられてしまったとはいえ、少なくともあと三度はレオンに会えるのだと思うと、いつの間にか頬が緩んでいた。

「まずはこの先起こりそうなイベントを整理しておかないと……」

マリーは浮ついた気持ちを引き締め、机に向かう。

そして、レオンからもたらされた情報を書き起こしていく。ゲームの知識として知っていることとでも、実際に聞いたことと違いがあってもおかしくない。

あとで見返してみるためにも、きちんとメモに残しておくのは大事なことだ。

「まず、この星が傷ついているから魔物が生まれる。それから、星を癒すには大量の魔力が必要で、それだけの魔力を星に注ぐには、勇者か魔王が死ぬしかない。魔王と勇者が戦う理由は、相手を倒して星に魔力を還すため」

マリーはペンをくるくると回しながら、考えをまとめる。

「そもそも、どうして星が傷ついたままなんだろう？　レオンは、多少の傷なら勝手に治るって言ってたけど、あんなにやつれるほど魔力を注いでも変わらないなんて、おかしいよね？　それに、あの時レオンは確か、なにかを言いかけてた……。星が癒えないのには、なにか原因があるかもしれないっていうこと？」

思いつくままに書き出した疑問に答える者はいない。

かなりストーリーから離れてしまっている部分が多く、不確定要素が多すぎて判断するには材料が足りなさすぎる。

「あー、もうっ……」

マリーは早々に答えを出すことを諦めた。

——とりあえず、私がこのまま魔王城へ向かう旅を続けるのは変わらない。レオンを倒すなんてことにならないように、気を付けなきゃいけないけど。それよりレオンを助けるためには、まず私が力をつけなきゃ始まらない。やっぱりレベル上げをして、魔力を増やすしかないかぁ……

「マリー、起きてる？」

扉の外からかけられた声に、マリーは飛び上がった。

声からするとリュカだろう。

「は、はいっ。起きてますっ！」

「先に食堂に行ってるよ。君も準備ができたらおいで」

「はいっ。すぐにっ」

マリーは扉越しに叫ぶと、立ち上がった。

窓に近づき、見上げた空はうっすらと明るんでいた。いつの間にか朝になっている。

マリーは手早く身支度を整える。ほどけてしまった髪を、戦闘の邪魔にならぬようにくるくるとまとめて、結い上げた。

服はレオンからもらったものだが、聖女が着ていても違和感のないものだった。首元までしっかりと詰まっているので、レオンとの約束の証である鎖も覆い隠してくれている。

もらった服をこのまま着ていくことにして、マリーはようやく食堂へ足を向けた。

食堂には教会に住む全ての人々が集まっている。司祭長と勇者パーティ以外は、皆忙しそうに食事の準備に動き回っていた。

リュカ、ユベール、エルネストの座るテーブルに近づいたマリーは、彼らに声をかける。

「おはようございます」

「おはよう」

リュカが爽やかに微笑みと共に挨拶を返してくる。寝不足のマリーには少々眩しい笑顔だ。

「おはよー」

ユベールは屈託のない笑みをマリーに向けてくる。

――本当はとっても腹黒なんだって知ってても、癒されるなぁ……

マリーはほんわかとした気持ちでユベールに笑みを返した。

「おはよう。マリー」

声をかけてきたエルネストは、ニヤリと男くさい笑みを浮かべている。

いろいろなことがありすぎて、顔を合わせるまですっかり忘れていたが、昨夜のエルネストの台詞（せりふ）を思い出して動揺してしまう。

——朝から色気を垂れ流すのはやめてください。お願いします！　レオン様の色気だけでもうお腹いっぱいだし！

どうにか動揺を隠して、微笑みを浮かべた。

「おはようございます。エルネスト」

挨拶を交わし終えて、マリーは席につく。

修道女たちの手によって、食卓の上にどんどんと朝食が並べられていく。

マリーはふと漏れそうになったあくびを噛み殺した。

リュカが心配そうにマリーの顔をのぞき込む。

「よく眠れなかったのか？」

「いえ。ぐっすり……とはいかないけれど、それなりに」

本当のところ、レオンとのあれこれでほとんど眠れていないせいで、今すぐベッドに飛び込んでしまいたいほど眠い。

とはいえ理由を話せるはずもなく、マリーは笑みを作って誤魔化す。

「まあ、あまり無理すんな。とはいっても、先には進まなきゃならない。無理そうなら早めに教えてくれれば、対処のしようもあるだろう」

「ありがとう、エルネスト。今のところ大丈夫」

「それならいいが」

エルネストは深入りすることなく、目の前に並べられた朝食に注意を向けた。

リュカは心配そうな顔をしていたが、それ以上彼が口を開くことはなかった。

修道女が朝食を並べ終わり、皆が席についた。

司祭長の声に合わせ、一斉に神に祈りを捧げる。

「日々の恵みを与えてくださる神に感謝を」

「感謝を」

質素ながらもたっぷりと量のある食事を終えたところで、今日の予定について話し合う。

「今日もエメ川に沿って東に進もうと思う」

リュカの提案に皆がうなずく。

「いいと思うよぉー」

「そうだな。となると、今日の目的地はベルジェあたりか」

マリーも異論はなく、賛成する。だが、その前に大事な作業がある。

「出発の前に、教会でご加護を頂きましょう」

「そうだったな」

ちょうど司祭長から準備ができたことを告げられたので、一行は揃って教会の聖堂に移動した。

大聖堂ほどではないが、それなりに大きな聖堂には、司祭長以外にも数人の司祭たちの姿があった。初めての儀式に興味津々らしく、鋭い目つきをしている。

「祭壇の上に授かった武具を置いてください」

マリーの指示に従ってリュカが聖剣を、エルネストが聖盾(せいじゅん)を祭壇の上に並べる。ユベールは少々めんどくさそうに聖衣を脱ぎ、祭壇の上に置いた。

「これでいいのー?」

「はい。少し下がってください」

勇者たちは祭壇を囲むように並んだ。司祭長たちはその更にうしろに立ち、儀式が始まるのを見守った。

マリーは聖杖を手に祭壇の前に進み出る。

加護を得る儀式を行うのは聖女の役目だ。緊張に速まる胸の鼓動を宥めつつ、マリーは杖を掲げ、記憶を頼りに祈りの聖句を口にする。

「天にまします、聖なる父よ。日々の守りに感謝の念を捧げます。我らの感謝が御身へ届きますように。つきづきしく思しめさば、聖なる武具に祝福を与え給へ」

マリーの掲げた杖から祈りが白い光となって、天へ上っていく。

「皆さんも祈りを捧げてください」

マリーに促され、リュカ、ユベール、エルネストが共に祈りを捧げる。

「神に感謝を！」

勇者たちの祈りが光となって天へ上る。

神々しい景色に、司祭たちも思わずといったように共に祈りを捧げ始めた。

すると今度は、祭壇に金色の光が降り注ぎ、並べられた剣や衣を包み込む。マリーの手にした聖杖もまた、光に包まれた。

夢の中でも感じる神々しい気配に包まれ、マリーはほっとした。

――せ、成功してよかったぁ。

司祭たちのあいだから歓声が上がる。

試しに杖に魔力を流してみると、これまでになく軽く、そして素早く魔力が行き渡る。

これならば、癒しを与えるのも楽になるだろう。

――あ、新しい魔法が使えそう。あとで試してみよう。

加護のおかげで、新しい技が使えるようになっているはずだ。ゲームの設定が変わりないことに安堵して、マリーは笑みを深めた。

背後で待ちきれない様子のリュカたちに気づいたマリーは、慌てて祭壇の前をあける。

「どうぞ、もう手に取っても大丈夫ですよ」

リュカが祭壇に進み出て、自分の剣を手に取った。

「これが神のご加護……。なんと神々しい！」

剣を包む輝きに、リュカは興奮が隠せない。

エルネストとユベールも、リュカほどではないが興奮しているようだった。祭壇から武具を受け取り、再び身につける。

「新しい技が使えるみたいだな」

エルネストは盾を握りしめ、うずうずとした表情を浮かべた。

「僕も、新しい魔法を覚えたみたいだ。早く試してみたいから、出発しよう！」

ユベールが真っ先に部屋を出ていく。

神の加護を得ることができ、この教会でやることは終わった。マリーは興奮する司祭長に向き直る。

「司祭長、祭壇をお貸しくださり、ありがとうございました」

「こちらこそ、素晴らしいものを見せていただき、ありがとうございます。お役目が終わったあと、ぜひこの教会へもう一度足を運んでいただけませんでしょうか？　この光景をもっと多くの者たちに見てもらいたいのです」

マリーに対して感じていたであろう不信感はどこへやら、司祭長は手のひらを返し、目を潤ませながらマリーにすり寄ってきた。

「無事、お役目を果たせることができましたら、その時に考えさせていただきます」

考えると言っただけで、来ると約束したわけではない。無事エンディングを迎えることができれば、マリーは聖女としての役目を終える。となればきっと、もうここへ来ることはないだろう。

「皆様にも、神のご加護がありますように」

「私たちも勇者様方の旅の無事を祈っております」

勇者一行は多くの人に見送られて、アルゴーの教会をあとにした。

第三章　聖女の少々うっかりな日常

今日もすべきことは変わらない。ひたすらレベル上げの日々だ。

基本的には教会のある街まで移動して、神の加護を得て新しい技を覚える。

最終目的地は魔王城だ。魔王城までの大まかなルートは、リュカが決めた通り、聖都から東に向かってエメ川沿いに海まで移動。その後は海沿いに北上し、魔王城へ向かう予定だ。

聖都から離れるにつれて、出現する魔物は少しずつ大きく手ごわくなっているが、連日の戦いで皆の連携はかなりよくなっていた。

「マリー、大丈夫か？」

リュカが待機していたマリーに声をかけてくる。

「はい。皆が素早く倒してくれるから、私の仕事がなくなっちゃいそう」

マリーはゲームで知っていたリュカの行動と、現実での彼との差に、少々戸惑っていた。

「それならいいが。それにしても君はちょっと油断しすぎなんじゃないか？　いかなる時でも、というのは難しいとしても、戦いの場では四方に注意を払ってしかるべきだ。こうるさいと思うかもしれないが、君の安全のためにも言わせてもらう。だいたい……」

リュカのお小言が続く。

ゲームの中では、リュカがここまで過保護だった覚えはない。

――リュカの好感度を上げるようなイベントは発生してないはずなんだけどなぁ……

マリーは内心で首をひねった。

「次からは気を付けまーす。魔物も無事倒したことだし、さっさと移動しましょう？」

「……ああ、そうだな」

遭遇した敵を倒し、レベル上げを繰り返しながら、マリーたちは順調に次の街に向かって進む。

時々休憩を挟むようにして、無理はしない。

目的地である海側に向かうには、平地だけではなく、深い森を通り抜ける必要があった。

死角の多い森の中では、いつもより注意深く進まなければならない。それでも、マリーは森の中にあった修道院で育ったということもあり、森を進むのには慣れていた。

慣れた場所だと油断していたつもりはなかったが、結果的には油断があったのだろう。

突然頭上から、なにかがぼとりと音を立ててマリーの肩の上に落ちてきた。

「ひいっ！」

緑色のぶよぶよとした塊は、人の頭ほどの大きさがあった。うっすらと透き通ったそれは、いわゆるスライムという魔物だった。

とっさに手で払おうとしたが、スライムはマリーの身体に張り付いて離れない。

「マリーッ！」

「やだっ！」

あまりの気持ちの悪さに振り落とそうとするが、くっついたスライムははがれそうになかった。

「動くな、マリー！　魔法で焼く！」

いつも嘘くさい笑みを浮かべているユベールが、今は顔を引きつらせている。

珍しい彼の表情にも、マリーには驚く余裕などなかった。

スライムの触れた部分からしゅうしゅうと音が聞こえる。

「やっ、いやぁ！」

マリーに張り付いたスライムは、彼女の服を溶かし始めていたのだ。

——そうだよ。これ、十八禁のゲームだったよ……！　でもって、これリュカとの好感度が上がるイベントじゃない！

スライムには獲物を溶かす能力がある。そして十八禁ならではというか、都合のいいことに、人間に対しては服だけを溶かしてしまうのだ。

マリーは今頃になって、厄介な敵のことを思い出した。そして、その対応次第でリュカからの好感度が大幅に上がってしまうイベントであったことを。

——あーもう、私のバカバカバカ。好感度大幅アップのイベントなんて大事なことをど忘れするなんて！　あわわわわ、気持ち悪いよぉ……！

じっと動かず、ユベールに魔法で焼いてもらうのが正解だとわかっていても、気持ち悪さに動かずにいるのは難しい。誤ってマリーに魔法が命中すれば、火傷を負う恐れもある。それなら——

「ユベール、凍結魔法をお願いっ！」

「わかった！　マリー、じっとしてて！」

「うぐぅ……」

マリーの目に涙が滲む。肌の上をスライムが這う嫌悪感に身を震わせた。ぎゅっと目をつぶり、なるべく動かないようにする。

「凍結！　凍結！　凍結！」

ユベールの魔法はあっという間にスライムを屠る。ユベールには珍しくルーン魔法ではなく詠唱で魔法を発動させている。

「大丈夫か、マリー！」

「怪我はないか？」

バタバタと近づく足音に、マリーはそっと目を開けた。

レオンにもらった服は、あちこちがスライムに溶かされて破れてしまい、肌が大きく見えている。自らの惨状に気づいたマリーは、近づく勇者たちに向かって叫んだ。

「み、見ないでぇっ！」

ユベールは頬を赤くし、エルネストはニヤリと笑って悪びれる様子もない。

「ご、ごめん！」

「おっと！　すまんすまん」

三人はくるりとマリーに背を向けた。

「僕が魔法で身体を洗うから、そのあとで着替えるといい」

ユベールの申し出に、マリーはすぐさまうなずいた。

「お願いします」

「洗浄（ウォッシュ）！」

頭の上から水が勢いよく降り注いだ。

少々勢いがよすぎた気もするが、ユベールの魔法のおかげで、スライムの残滓は全て洗い流された。

――冬じゃなくてよかったぁ……。濡れたままじゃ風邪をひいちゃう。もう、最悪……

マリーはよろよろと荷物に近づき、中から着替えを取り出した。

「こっち、見ないでね」

着替えを身体の前にかざし、三人の背中を睨み付ける。

「もちろん」

「近くにまだいるかもしれないから、ちょっとまわりを見てくるねぇ」

「俺も行く」

エルネストとユベールが立ち去り、リュカとマリーだけがその場に残された。

マリーは濡れて肌に張り付いた服を苦労しながら脱ぐと、タオルで軽く身体を拭いて、新しい服に着替える。

「もう……いいか？」

リュカがおずおずと声をかけてくる。

急に異性に近づかれ、思わず身体がびくりと震えた。けれど、リュカが自分を心配して声をかけてくれたことはわかっていた。

マリーは平静を装い、リュカに返事をする。

「もう大丈夫」

「怪我は？」

リュカの視線が探るようにマリーの全身を走った。

「ないと思う」

「そうか……。君が無事でよかった」

「無事かと言われると微妙なところだけれど」

マリーは諦めたような笑みを浮かべた。

実際のところ、マリーはかなり精神的に疲れていた。気力ばかりは回復魔法でも治せない。どうにか魔物の危機は去ったが、まだリュカとのイベントが待っている。気を緩める暇もなかった。

「全く、戦いの場で気を抜くなとさっき言ったばかりだろう？」

「……すみませんでした」

返す言葉もなく、マリーはうなだれた。

下手に強がってみせると、『強がるんじゃない』からの『俺の前では泣いてもいいんだぞ』のコンボが決まってリュカからの好感度が大幅に上がってしまう。ここは強気な態度に出るよりも、落ち込み、反省を示すのが好感度を上げすぎたくないマリーとしては正解のはずだ。

「まあ、こういうこともある。次から気を付ければいいさ」

ようやくお小言が終わり、リュカはマリーの頭をぽんぽんと撫でる。

慰めてくれようとする彼の気持ちが伝わってきて、マリーの口元には自然に笑みが浮かんでいた。

――リュカって優しいなぁ。うん、やっぱり爽やか王子様だ。

「あれ、マリー？　君は変わったアクセサリーをつけているな」

リュカが突然マリーの首元に手を伸ばした。

「あ……」

リュカが触れようとしたのは、レオンからお仕置きと称してつけられた鎖だった。

「こんなに濁った色の石を装飾品に使うなんて、珍しい」

「え？」

マリーはリュカの指摘を訝（いぶか）しく思った。

マリーが確認した時には、レオンの瞳と同じ綺麗な空色の石が三つ、鎖に絡まるようについていたはずだ。

マリーは荷物から鏡を取り出し、すぐさま首元を確認する。

「ほんとだ……」

美しかった空色の石の内のひとつが、灰色に濁っていた。

――まさか……

マリーは嫌な予感に襲われた。

初めてこの鎖に絡まった石を見た時、レオンの色だと直感した。その美しい空色が濁ってしまったとなれば、レオンになにかあったのかもしれない。もしくは、また彼の魔力が枯渇してしまったのか……

マリーは恐る恐る石に指を伸ばす。

『すぐに来い』

レオンの思念が頭の中に響いた。

その夜、マリーは皆が寝静まったのを見計らい、濁った石に魔力を込める。すると次の瞬間、マリーは魔王城へと転移していた。

転移先は前回と同じ、魔王城のレオンの寝室だった。

部屋には明かりひとつ灯っておらず、真っ暗でなにも見えない。

マリーはそっと杖を握り、明かりの魔法を唱えた。

「灯り（ライト）を！」

薄明かりに、天蓋付き寝台の形が浮かび上がる。ベッドの上には人影が横たわっていた。

「レオン、起きてるの……？」

マリーは恐る恐る声をかけた。

「遅い！」

突如としてベッドの中から叫ばれた声に、マリーは飛び上がった。

横たわっていたレオンは、腹筋の力だけでむくりと起き上がる。

「なにをしている。早くこちらへ来い」

レオンの苛立たしげな声に、マリーはおずおずとベッドに近づいた。

「ええと……？」

「俺の魔力が足りぬことを、おまえはわかっていただろう。どうしてすぐに来なかった」

マリーは不条理な要求に少々ふてくされながら答える。

「と、言われましても、私には魔王様の魔力の状態なんてわかりませんし？」

「気づいていなかったのか？　おまえに与えたその石の色が変わっていただろう。それは俺の魔力の状態を表している」

レオンがマリーの首元を示した。

「やっぱり！」

マリーは自分の嫌な予感が当たっていたことを知る。

「そうじゃないかとは思っていたけれど、前回教えてくれなかったじゃない！　仕方ないでしょう？」

マリーは一方的に責められる謂れはないと、抗議した。

「ふん。だが、おまえは言わずともわかったのだろう？」

――もう！　なにこの俺様？　って、魔王様だったよ！

レオンの自慢げな表情を目にしたマリーは、それ以上の反論を諦める。

傲慢ではあるが、そういう自信に溢れたところも嫌いではなかった。前世から好きなのだから、もうどうしようもない。

「それで、おまえは俺を癒しに来たのだろう？」

レオンはマリーを招くように、大きく手を広げた。

「……そうですね」

マリーは諦念のこもったため息をこぼし、ゆっくりとレオンに近づいた。

レオンの顔色は、やはり悪い。きっと無理を重ねたのであろうことがうかがえる。それでも研ぎ澄まされた彼の美貌には、いささかの衰えもなかった。

ここまで疲労していては、回復魔法では癒しきれない。そう判断したマリーは、覚悟を決めてベッドの上に膝をつき、そっとレオンににじり寄った。

レオンは待ちかねたように手を伸ばし、ぎゅっと彼女を抱き寄せる。

「さあ、癒せ」

「……わかりました」

ここまできたら、恥ずかしがっていても仕方がない。マリーはバクバクとうるさい心臓を宥め、レオンに顔を近づける。

近くに見えたレオンの目は興奮に赤く染まっていた。

こうして改めて見ると、レオンの顔の美しさがよくわかる。

――やっぱり、レオンって綺麗だなぁ……

マリーは癒しの魔力を込めて、ゆっくりと彼の唇に自らのそれを重ねた。

唇が触れた瞬間、マリーの首元を飾っていた石のひとつが、乾いた音を立てて砕け散る。約束が果たされ役目を終えた石は、かすかなきらめきを残して宙に溶けた。

マリーの癒しを待ちかねていたように、レオンの舌が彼女の唇を割って入り込む。

「う……っん」

レオンは舌を差し込むと、マリーの口内に溜まっていた唾液をすすった。よほど飢えていたのか、その動作は荒々しく、性急だった。

「レオ……ン、待っ……てってば」

「待てぬ」

レオンの手がマリーの後頭部に回される。がっしりとつかまれて、逃れられない。

「ん……」

彼の舌がそろりとマリーの舌の付け根をなぞる。

ぞわぞわと悪寒のような感覚が、マリーの背筋を駆け上る。

その感覚が快楽だとマリーは知っていた。ほかならぬレオンによって教えられた快楽の予感に、ふるりと身体を震わせる。

本来ならば、これはただ癒しを与えるためだけの行為であるはずなのに、強い快感を覚えてしまうことにマリーは戸惑う。

そうしているあいだにも、レオンの手が服の隙間から入り込み、彼女の素肌に触れた。

性急な口づけとは対照的に、くすぐるような優しい手つきに肌がざわめく。

レオンを癒すためには必要のない行為を受け、まるで彼に求められている気がして胸が疼いた。

「やすやすと、下級の魔物に触れさせおって」

「どうして、それをっ……！」

マリーは驚きに目を瞠った。昼間、彼女がスライムに襲われたことを、なぜかレオンは知っているらしかった。

「俺は魔物の王だ。知らぬはずがないとは、思わぬか？」

「そう……だけどっ」

確かに魔王であるレオンに対して愚問だろう。彼が魔物たちのことを全て把握しているのならば、勇者たちがどれほどの魔物を屠ってきたのかも、知っているに違いない。

レオンとは、どうあっても対立は避けられないのかもしれない。

勇者と魔王。

――本当に、どちらも犠牲になることなく、この星を癒すことなんてできるの？

つい考えてしまうマリーの注意を引き戻したのは、レオンの行動だった。

レオンはマリーの胸元をはだけさせ、肌に唇を寄せる。そうしてゆっくりとその白い肌に舌を這わせた。

触れられた部分が熱くて、めまいがしそうだ。

「れお……んっ」

「俺以外に、この肌に触れさせるな」

「あんなの、事故でしょう？　私だって、好きでスライムに襲われたわけじゃ……」

「しかも、ほかの男たちの目にまで、この肌を晒したな？」

レオンの低い声が胸元で響く。

「不可抗力だって……ぁっ」

強く肌を吸い上げられて、ざわめきが止まらない。マリーはぎゅっと目をつぶり、その感覚に耐える。

「言い訳など聞きたくない……仕置きだ」

不機嫌な様子を隠そうともしないレオンは、マリーの服のボタンに手を掛けた。しゅるしゅると衣擦れの音が寝室に響く。

「やだ、待って」

――まさか昼間のスライムのせいでお仕置きフラグが立っちゃうなんて、嘘でしょー！

元々レオンに癒しを与えるつもりはあったが、今回こそキスくらいでしのぎたいと思っていたマリーは慌てた。

「待たない」

「レオンッ！」

「うるさい口は塞いでやる」

「んぐ」

レオンは口づけをしたまま、器用にマリーの着ていたローブを脱がせていく。

「だめっ……、ん、ふ」

マリーの抗議など歯牙にもかけず、レオンは口づけを繰り返す。

マリーは次第に頭がぼうっとしてきた。

こんなことをするために、ここへ来たのではない。ただ、レオンが傷ついているのだと思うと、いてもたってもいられなくなってしまった自分の浅はかさが嫌になる。

「レオン……っ」

唐突に口づけが止んだ。

「それほど俺に触れられるのは、嫌か？」

そっと目を開けると、ぼうっと潤む視界に飛び込んできたのは、思いつめたようなレオンの表情だった。

彼が見せたあまりに悲しそうな表情に、思わずマリーの口から本音が漏れる。

「いやじゃ……ない」

「ふ、ならばかまわぬだろう」

「えぇ？」

再び強く抱きしめられ、口づけが再開する。

レオンの舌が、執拗にマリーの口の中をかき回す。溢れた唾液を舐めすすり、息をも奪わん勢いで吸い上げる。

赤く興奮したレオンの目がじっとマリーを見つめていた。その表情に、ぐっと心をつかまれる。

――尊すぎる……

マリーは諦めて身体から力を抜く。もう、抵抗する気は失せていた。

結局、彼が前世からの一番の推しキャラであることは変わらない。なにをされても、胸がどきどきして、苦しくなるだけだ。

抵抗が止んだことに気づいたレオンは、強く抱きしめていた腕の力を少しだけ弱めた。

そしてぼそりと呟く。

「魔王であるこの俺を案じ、敵地の真ん中にまで来てしまうとは……。おまえは本当に変な女だ」

「……帰ってもいいですか？」

レオンのあきれたような呟きに、マリーは少々むっとした。

感謝してほしいわけではないけれど、けなされるのは納得できない。

「ふはは。いいや、ダメだ。それに、俺はおまえを貶めたつもりなどないぞ。これまで出会ったことのない種類の女だ」

けなされたわけではないことを知っても、微妙な感想に、マリーは喜んでいいのか複雑な気持ちになる。

「ここまで俺を翻弄する女はおまえくらいだ」

「ひゃうっ……！」

いつの間にかローブが脱がされ、ストッキングと下着だけの姿にされたマリーの喉に、レオンが噛みついた。

細く白い喉元に、硬いレオンの歯が当たる。

痛みはなく、強く力が込められていないことから、彼が戯れに甘噛みしているのがわかった。

「や……だっ」

それでも本能的な恐怖がこみ上げる。このままレオンが歯に力を入れれば、マリーの細い首など簡単に食いちぎられてしまうだろう。

「ふ、弱点を俺の前に晒すとは、無防備にもほどがある。このような細い首、食いちぎってやることなど容易(たやす)いのだぞ?」

震えるマリーの様子に、レオンは獰猛(どうもう)な笑みを浮かべた。その瞳は興奮に真っ赤に染まっている。

「与えるつもりがあるのなら、全てを差し出すがいい。俺は王だ。口づけだけで満足するとでも思ったか?」

「れお……ん」

震えるマリーにはお構いなしに、レオンの手がストッキングと下着に掛かった。ひとまとめにしてずり下ろす。

「ああっ!」

火照(ほて)った肌が外気に晒されて、総毛立つ。

レオンの手が、マリーの膝のあたりに絡まっていた服も乱暴に取り去ると、ひざ裏に触れる。その手が大きく足を開かせた。

「っや、それ、やだぁ」

レオンの意図に気づいたマリーは慌てる。

「おまえは癒(いや)しを与えるためにここへ来たのだろう? ならばきちんと役目を果たせ」

股のあいだから見えるレオンは、欲にまみれた雄の顔をしていた。

レオンはマリーの足のあいだに顔を近づけ、秘められた部分に唇を押し当てた。

触れられてもいなかったのに、そこはすでに蜜を溢れさせている。

熟れた果実のような芳香を放つ場所に、レオンは噛みついた。

「っひゃうっ！」

マリーの喉からか細い悲鳴がこぼれる。

レオンは次々と溢れてくる蜜を見せつけるように、大きく舌を出して舐めとる。襞（ひだ）のあいだに舌をねじ込み、陰核を執拗（しつよう）に舐め回した。

「れおん、やだぁ。やめっ」

「やめぬ。これほどの甘露はふたつとあるまいよ」

そう告げるレオンの顔は恍惚としていた。

マリーの下腹はびくびくと痙攣し、つま先がきゅっと丸まる。

彼女の反応のよさに、レオンの表情が喜びに歪んだ。

「や、あぁ……」

マリーの身体からは明らかに力が抜け、声には甘やかな響きが混じっている。

「嘘は、よくない。嫌ではないはずだがな？」

「……っ」

なにも言えないマリーの様子に、レオンはにやりと笑った。そして、充血し少し膨らんだ陰核を強く吸い上げる。

「ひあああぁっ！」

強すぎる刺激に、マリーはがくがくと身体を震わせながら達した。

しかしレオンの愛撫は止まず、彼女の花芯を嬲り続ける。

マリーは眦に涙を滲ませながら、首を横に振り、レオンに懇願する。

「っや、もう……やだぁ」

「なにを言う。俺はまだ癒えきっておらぬ。もっとだ」

「もう、いらない。きもちよすぎるの、やだぁ」

強すぎる快楽は、すでに限度を通り越し、苦痛とさえいえるほどになっていた。

「まだだ。おまえはこれでよいかもしれぬが、俺は足りぬ」

レオンが顔を上げた。

ようやく止んだ愛撫に、マリーがほっとしたのもつかの間のことだった。

レオンはくるりと彼女の身体を裏返し、うつ伏せにする。

「レオン？」

腰を突き出すような格好にされて、マリーは思わず不安げに彼を振り返った。

「わかっているのであろう？」

レオンは下肢の前だけをくつろげ、取り出した昂(たかぶ)りを彼女のあわいに宛がうと、一気に貫いた。

「ひう……っ！」

あまりの衝撃に、目の前が一瞬白く染まる。

マリーは白い喉をのけぞらせ、その衝撃に耐えた。

「はぁっ。少しは、緩めよ」

「む……りぃ」

圧倒的な質量に涙が滲む。

レオンはマリーの腰をつかみ、ゆるゆると腰を動かし始めた。

「っは、う……っふ」

ゾワゾワと寒気のような感覚が背筋を駆け上る。

マリーはシーツを指の色が白く変わるほどぎゅっと握りしめた。

「よい……ぞ。とてもいい」

レオンは息を乱しながら、ゆっくりと腰を打ち付けてくる。そのたびにマリーの隘路(あいろ)

はレオンの楔（くさび）にゆっくりと馴染み、ナカが彼の形に作り変えられていく。

脳髄が焼けるような快楽がマリーを貫いた。

「んあ、あぁ……！」

頭の中が快楽に染められ、なにも考えられなくなっていく。

レオンが獣のような荒い息を繰り返しながら、徐々に腰の律動を速める。

マリーはシーツを一層強く握りしめた。

この体勢では縋り付けるのはシーツだけだ。それにレオンの体温も感じられない。

「この体勢……やだ……」

「なにが嫌なのだ？」

「レオンの、顔が見えないっ、の、やだ」

「ふふ、可愛いことを言う」

レオンは低く笑うと、律動を止める。

「ならば、これではどうだ」

言うや否や、レオンはマリーのわきの下に手を入れ、繋がったまま背後から彼女を抱き上げた。そのままマリーを持ち上げ、足の上に座らせる。

太ももに掛けた手が、大きくマリーの足を広げた。

「あぅ……、ふか……い」

自重でずぶずぶとレオンの楔を呑み込んでしまい、先ほどよりも深く繋がり合う。マリーはびくりと背中をしならせた。

レオンがマリーの顎に手を掛け、顔を上向かせると、そのまま口づける。

「ん、ふ……」

マリーはレオンの首のうしろに手を回してしがみつく。

「これなら、顔が見えるであろう?」

レオンの声は蕩けるように甘い。

「そう……ね」

マリーが想像していたやり方ではなかったが、レオンと触れ合う面積が増えたことで不安は消えていた。

「マリー……」

「なあに?」

見上げたレオンは切なげに目を細めている。

「……なんでもない」

レオンは言いかけた言葉を呑み込んで、彼女の腰をつかみ、揺すった。

「んんっ……」

息を奪うような口づけを受けると同時に、下から突き上げられて、なにも考えられなくなる。

とろりと蜜壺から溢れた蜜が剛直にかき混ぜられて、じゅぶじゅぶと厭らしい音を立てる。

けれどマリーにはもうそれを気にするだけの余裕はなかった。

勢いよく抜かれた楔（くさび）が、じりじりと奥へ進む。かと思えば、じれったいほどにゆっくりと引き抜かれ、叩きつけるような勢いで最奥へと到達する。

緩急のある動きで、最奥をえぐるように貫かれて、マリーの目の前が真っ白に染まっていく。

「っや、ん、っふ、い、っちゃ……う」

「まだだ、少し、待て。一緒に」

「っんう、うごかないっ、でよぉ」

「動かねば、イけないであろう？」

「っや、っも、あ……あ、あ」

マリーは激しい突き上げに、堪えきれず達した。

びくびくとレオンの剛直を締め上げ、白い裸身をくねらせる。

一拍遅れて、レオンもまた欲望を解放する。ぶる、ぶる、と腰を震わせ、彼女の中に白濁を注ぎ込む。

熱のこもった吐息をマリーの首元に吹きかけながら、レオンは強く彼女を抱きしめた。

「っは、っは、っは」

荒い呼吸を繰り返すレオンの様は、まるで獣のようだった。

マリーは力が抜けた肢体をぐったりとレオンに預ける。

「ちょっと、強い……ってば」

「……すまぬ」

マリーの抗議に、レオンはようやく腕の力を緩めた。それでもマリーを抱きかかえたまま放そうとはしない。

達したことで少しだけ冷静さを取り戻したマリーに、一気に羞恥がこみ上げてくる。

「もう、いい？　癒しは十分でしょう？」

「嫌だ……と、言ったら？」

「え？　嘘でしょ⁉」

まだ癒し足りなかったのかと、マリーは慌てて彼の顔を見上げた。わずかに悲しみを宿したような空色の瞳が、じっとマリーを見つめている。

「ここに、どれほどたっぷりと注いでも、実ることはないのだな」

レオンの手がマリーの下腹部をそっとさする。それはちょうど子宮のあるあたりだった。

その部分がきゅっと疼いたような気がして、マリーはびくりと身体を震わせる。

「それは……そうでしょ。だって、種族が違うのだもの」

マリーは人、レオンは魔族。種の違うふたりのあいだに子ができることはない。

「……そうだな。つまらないことを言った」

レオンはそう言うと、彼女を抱き上げた。

「……ぅあ」

ずるりと楔（くさび）が抜ける感触がして、マリーは思わず声をこぼす。

レオンはゆっくりと彼女をシーツの上に下ろした。

「それで、癒（いや）しは足りたの？」

「ああ。これでしばらくは持つであろう。このまましばし待て」

レオンはそう言い残すと、部屋を出ていってしまった。

ひとりぽつんと部屋に取り残されたマリーは、シーツを手繰（たぐ）り寄せ、包まった。

本当は身体を綺麗にしてさっさとここから立ち去るべきなのだろうが、情事後の気怠さも相まって、すぐに動く気にはなれなかった。

ぼんやりと言われたままにベッドの上で待っていると、レオンが戻ってくる。

「待たせたな」

「えっと？」

レオンの手には湯気を立てるお湯の入った桶がある。

「そのままでは着替えるのも難しいだろう。拭いてやる」

レオンは桶を脇に置くと、彼女が包まっていたシーツを引っ張る。

「あっ……」

マリーの伸ばした手は空を切り、あっさりとシーツを奪われた。

レオンは想像していたよりも器用な手つきで布を濡らし、マリーの肌を清めていく。

「あ、ありがとう」

「癒しの礼だ」

レオンは意地の悪そうな笑みを浮かべたかと思うと、ふたりの体液で汚れた太ももをそっと布でなぞった。

布に肌をなぞられただけなのに、ぞわりと肌が粟立つような感覚に襲われる。

「……っ」

マリーは鋭く息を吸い込んだ。身体の奥で息づく熾火が、再び燃え上がってしまいそうだ。

「ふ、今日はここまでだ。安心するがいい」

マリーの怯えを見抜いたのか、レオンは小さく笑った。

肌を拭う手つきはあくまで柔らかく、優しい。

――俺様のくせに、俺様のくせに、どうしてそんなに優しいのよっ！

マリーは身体を拭いてもらいながら、内心で身悶えしていた。この恥ずかしさをどこへ持っていけばいいのかわからない。

マリーは羞恥に頬を染めつつも、黙って唇を噛みしめた。

「さて、着替えはこれでよいか」

レオンがどこからか取り出した着替えをマリーに差し出す。

「えっと、いいの？」

「前に俺がやった服は昼間、スライムに溶かされてしまったのだろう？」

「そうだけど……」

「魔物は俺にとっては子供のようなもの。子の不始末は親の責任だからな」

「……そこまで言うのなら、ありがたくいただきます」

「すぐに着替えるといい。俺はそのあいだにシーツを替えておく」

「ありがとう」

マリーはさっそくもらった服に着替える。

下着には繊細なレースがふんだんに使われていて、マリーが持っていた実用一辺倒の下着とは大違いだった。

前世では当たり前だった繊細な造りの服も、この世界では高級品なのだ。マリーのような庶民は古着屋で服を買うのが当たり前だった。

さすがに勇者との旅に出る際には、教会から聖女に相応しいローブを支給されたが、マリーはそれまで新品の服を着た覚えがなかった。

渡された服の手触りは滑らかで、とても触り心地がいい。

きっとかなりの高級品に違いない。

――さすがは魔王様の財力ってところかぁ……

ローブに身を包んで振り返ると、ちょうどレオンがシーツを替え終わったところだった。

王様のくせに意外と器用だと、マリーは感心する。

「さて、時間があるならば少し話をしたいが、どうだ？」

日付はすでに変わってしまっていたが、夜明けまでにはまだかなり時間がある。今日は寝不足を覚悟すべきだろう。けれどレオンから話があるというのであれば、マリーに応じない理由はなかった。

「いいわ」

「あいにくと来客をもてなすような準備はないが、俺の部下たちには見られたくないのであろう？」

レオンは完全に面白がっている表情で彼女を見下ろしている。

「そうですね。お気遣いありがとうございます」

どうせ彼はマリーのことなど、からかって面白いおもちゃくらいにしか考えていないのだろう。マリーはわざと慇懃無礼(いんぎんぶれい)に答えた。

そしてレオンの隣にそっと腰を下ろす。

「それで、話って？」

「おまえと勇者たちはここへ向かって順調に進んでいるようだが……。本当に、このままここへ来るつもりか？」

問いかけるレオンの表情は厳しい。

「リュカ……勇者はそのつもりみたいね。魔物を生み出しているのは魔王だと教わっているのだから、本拠地を目指すのは当然のことでしょう？」

「勇者の考えなどどうでもよい。おまえはどう思っている？」

魔物を生み出しているのは魔王ではないこと、魔王がこの星を救おうとしているということを、マリーは知っている。けれど残念なことに、どうやってそれを勇者たちに証明すればいいのか、思いつかないのが現状だ。

「私はあなたの言葉が真実だとわかってる。それを皆に信じてもらう方法はまだ見つけられてはいないけれど、絶対にあなたを死なせたりなんて……しない」

マリーはレオンの頬に手を伸ばし、そっと目の下に触れた。

ここへ来た時には目の下を濃く彩っていた隈は、マリーの癒しでかなり薄くなっていたが、それでもまだ完全に消えたわけではない。

どれほどの魔力を注げば、これほど消耗するのだろう。

――いくら星の傷を癒すためだとしても、どうしてレオンだけがこんなにも苦しまなければならないんだろう……

マリーは艶を取り戻しつつあるレオンの肌をそっとなぞった。

「星の傷はまだ広がり続けている。俺が注ぐ魔力を増やしても、よくなるどころか小康状態を保つのが精一杯だ。しかも、勇者は遠慮なしに俺の部下たちを倒してくれるものだから、消耗する一方だ」

疲れたようにため息をこぼすレオンに、マリーは申し訳なさでいたたまれなくなる。

「それは……申し訳ないというか、なんというか……」

マリーは言葉を濁した。

――だけど、魔物を倒さないとレベルが上がらないんだもん……。それに、魔物の脅威に苦しむ人々をほうっておくこともできないよ。

レオンの疲労の原因の一端に、マリーや勇者たちの旅があるのは間違いない。

「だが、おまえはこの旅をやめるつもりはないのだな？」

レオンは頬に触れていたマリーの手をつかんだ。

マリーは真剣な面持ちでうなずく。

「ないわ。あなたを癒すためにも魔力の強化は必要なことだもの。各地の教会をめぐって神の加護を得られれば、その分だけ私の魔力は強くなる。だから、私はこの旅をやめるつもりはないわ」

「そうか……。ならば、おまえと俺は敵同士というわけだ」

そう言うとレオンは、マリーの手を放す。

「敵……同士」

レオンに自分たちの関係を告げられて、マリーは今更ながらにショックを受けた。

勇者たちの手助けをすることは、本当に正しいのだろうか。もしかしたら、魔物を討伐せずに、レオンの力を増させたほうがいいのかもしれない。だが、魔物が増えれば、その分、人々が危険にさらされることになる。

――ああっ、もう！　どうすればいいの？

マリーは自分の行動の矛盾に苛立った。

魔物は人を襲う。力を持たない多くの人々が、魔物の脅威に怯(おび)えて暮らしていることを、マリーは身をもって知っている。聖女として旅に出るまでマリーとてただの教会の修道女でしかなく、皆と同じように魔物からの襲撃を恐れながら暮らしていたのだ。

そして始まったばかりの旅の途中でも、魔物に襲われ傷ついた人々をたくさん目にしてきた。

そんな人々をそのままにはできなかった。

「私はあなたの敵になりたいわけじゃない。皆が魔物に襲われなければ、それでいいのに……」

「星の傷が癒(いや)されぬ限り、魔物は増え続ける。それを止めることは、俺にもできぬ……

それに」

　ぽつりと呟くマリーに、レオンは険しい表情で言う。

「魔物とて、襲いたくて襲っているわけではない。自分の縄張りに人が侵入してくるから反撃しているだけだ」

「それなら人はずっと魔物に怯えたまま暮らせってこと？」

　人が暮らしていればどうしても家がいる。食べ物がいる。魔物の住処となっている森を拓き、畑を耕さねば暮らしてはいけない。結局はただの生存競争なのだというのは、マリーにもわかっていた。

「そうではない。本当はおまえにもわかっているのだろう？」

「……そうね。人が人である限り、争いはなくならない」

　このまま話を続けたとしても平行線をたどるのは明らかだった。

「魔王たるあなたでも、魔物に戦わないように命令することはできない、よね？」

「ある程度の命令は可能だ。が……、自衛をするな、とは言えぬ」

「でしょうね……」

　それは人についても同じだった。いくら勇者が魔物の領域に入ってはいけないと言っても、聞く者はどれほどいるだろう。

「私にはどうしても成し遂げたいことがあるの。残念ながら私には力がないから、手段なんて選んでられない。今はあなたの力を削いでいるだけに思えるかもしれないけど、星を……あなたを助けたいと思ってる。それがただの自己満足で、押し付けだってことも十分わかってる。だけど、敵だなんて悲しいこと……言わないで」

「ふ……。可愛いことを言う」

レオンはマリーの手を取り、その指先に口づけた。

「俺もおまえを失いたくはない」

「それは私に癒しの力があるからでしょう?」

いくらマリーがレオンを好きでも、彼にとって自分の価値とは聖女であることだけだろう。マリーは少しふてくされる。

「もちろんそれもある。だが、話をしてみたいと思った女はおまえが初めてだ」

レオンはにやりと笑った。

「つまり、レオンにとって女性は話をする相手じゃないってことね……」

「別に女だから、男だからと差別するつもりはない。俺は話をするに足る者とのみ話をするだけだ」

あまりに傲慢な台詞に、マリーは思わず呟く。

「この魔王様め……」

「なにか言ったか？」

「いいえ、なにも！」

マリーは叫んで、ベッドから下りようと腰を浮かせた。

だが、その動作は阻まれる。レオンの手がマリーの腕をつかんでいた。

「なあに？　そろそろ戻らないと」

「ここで休んでいけばいい。夜明け前に戻れば済むことだ。おまえも多少強くなったようだし、それくらいの時間であれば、ここの瘴気にも耐えられるであろう？」

レオンにしては、かなり珍しく下手に出た態度だった。

「それは……そうだけど。話は終わったのでしょう？」

マリーには、そうまでして彼が引き留めようとする理由がわからない。

怪訝（けげん）な表情を浮かべるマリーに、レオンはするりと彼女の腕を解放した。

「お忙しい聖女殿を引き留めてしまって、すまなかったな」

レオンはちっとも悪いとは思っていない口調で言い放った。

「レオン……」

「忙しいのだろう。早く、行け」

どうやらレオンの機嫌を損ねてしまったらしいが、マリーにはその理由もわからなかった。

どうしていいのかわからず、胸が痛い。

「あの……、また来るから、あまり……無理しないで」

マリーが立ち上がると、レオンもまた立ち上がった。

「ふん。期待はするな」

レオンは取り付く島もない。

マリーはぎゅっと鎖を強く握りしめ、魔力を込める。

転移間際に見たレオンの悲しそうな目が、いつまでも脳裏に焼き付いて離れなかった。

第四章　魔王の懊悩(おうのう)

「行った……か」

わずかな光輝を残して姿を消したマリーを見送って、レオンは細く長い息を吐いた。

レオンは己の心が制御できないことに苛立っていた。そしてその苛立ちを、そのままマリーにぶつけてしまったことを悔いる。

魔王城を包む瘴気が彼女の身体には毒だと知ってはいたが、もう少し一緒に過ごしたかったのだ。

どうしてだか、マリーを前にすると、いつもの冷徹で魔物たちから畏怖される魔王としての自分ではいられなくなる。そして、気づけばマリーのことばかりを考えてしまうのだ。

彼女に初めて出会ったのは、この場所だった。

星に魔力を注ぎ終えたばかりで、疲弊していたレオンは、突如として現れた女の気配に気づくのが遅れた。

あれは今でも不覚であったと悔やんでいる。

あまりに無防備で、ほのかな思慕さえ滲ませた視線に、彼女が自分を襲う目的で現れたのではないことはすぐにわかった。

少々凄んでみただけで、娘はうろたえ、すぐさまここへ来た目的を話し始めた。

そうして、彼女が己を顧(かえり)みず、敵であるはずのレオンを癒(いや)すために、敵の本拠地に単身で乗り込んでしまうような、愚か者だとわかった。

レオンは愚か者が嫌いだが、なぜだか娘の存在は不快ではなかった。

彼女の視線には明らかな思慕が含まれているのに、媚びを売るわけでもない。

これまでレオンに近づいてきた女性は大抵、共通した色を含む視線を送ってきた。彼女たちの視線には魔王の地位や、それに伴う利権を求める下心が滲んでいた。

だが、マリーにはそれがない。自分のことはさておき、ただひたすらにこちらを気遣ってくる、労りしかない。自分を律し、気高くあろうとする姿は好ましいとさえ思う。

口づけひとつで顔を真っ赤にしてしまうような、初心な娘。

そして、レオンがその身を犠牲にして星を癒していることを、初めて理解してくれた人だった。

彼女が癒しの力を持つ聖女と知り、身体から篭絡してやろうと思った。しかしまるで真っ白な新雪を踏み荒らすような背徳感と高揚感に、のめり込んだのはレオンのほうだった。

強くつかめば折れてしまいそうな細い腰が、閨の中では快楽にくねり、レオンの目を引き付けて離さない。

小さな唇から漏れるあえかな声が、耳の奥から離れない。柔らかで滑らかな肌に、いつまでも触れていたい。

気づけばマリーのことばかりを考えているというのに、肝心のマリーは大して自分を気にした素振りがない。それどころか、勇者たちと一緒になって魔物狩りばかりしている。

やはり、強引に契約で縛ったのがよくなかったのだろうか。

レオンはマリーに会えない苛立ちを、魔力と共に星の傷にぶつけた。制御もなにもなく放った魔力はあっという間に星に吸い込まれ、すぐに魔力切れになる。

——苦しい。だが、これで……

マリーに会う口実ができる。

レオンはにやりと口の端に笑みを浮かべた。

決してマリーに会いたいから無茶をしたわけではないが、無茶をしたおかげで、マリーに会う機会は思っていたよりもすぐにやってきた。

契約の魔力をたどって呼び寄せると、その夜、彼女はやってきた。

レオンの不調などほうっておけばよいのに、昼間に魔物に襲われたことも忘れ、駆け付けてしまうような、どうしようもないお人好しなのだと、改めて認識する。

昼間に魔物の目を借りて見たマリーの姿は、凛々(りり)しくも儚(はかな)く、全てから守ってやりたくなった。

そして、抱きしめた腕の中で、快楽に抗(あらが)えず蕩(とろ)けた表情でこちらを一心に見つめてくる様(さま)は、昼間の清楚な雰囲気とはまるで違っていた。

その艶めかしさに、もっと蕩けさせ、無茶苦茶に抱きつぶしてしまいたくなる。

マリーの艶姿を思い出して、ずくりと腰が重くなる。果てたはずの欲望が再び首をもたげそうになり、レオンはギリリと奥歯を噛みしめた。

また、マリーのことを考えてしまっていたことに気づき、レオンは吸った息をゆっくりと吐き出し、気持ちを落ち着ける。

不意に、誰かの気配を感じ、レオンは眉をひそめた。

ここまで侵入者の気配に気づかなかったという、普段の自分からは考えられない失態に、レオンは放とうとしていた攻撃魔法を収めた。

「断りもなく王の寝室に侵入するとはどういうつもりだ、ジェラール？」

レオンは暗闇に向かって問いかける。

闇から音もなくレオンの直属の部下である魔将ジェラールが姿を現した。

獣の血を引くジェラールは、巨躯でありながらも猫科の肉食獣のように、音ひとつ立てずにレオンに近づいた。彼の獣の耳は興味深そうにピンとこちらへ向いている。

「陛下が結界を張られるのは珍しいことだと思いまして、一大事かと思い……こうして参った次第でございます」

獰猛な獣の姿からは想像もつかないほど、ジェラールは優雅な仕草でレオンに向かって頭を下げた。

レオンの安否を案ずる口上とは裏腹に、その顔は笑みに満ちていた。

魔王の実力ならば大した心配は要らないとわかっていても、魔王城の防衛を担っているジェラールとしては、確認しなければならないとやってきたのだろう。

マリーが訪れているあいだは、余計な者を寄せ付けぬよう、そして彼女に瘴気の害が及ばぬよう、魔力結界を張っていた。だがそれが仇となったのか、ジェラールにいらぬ関心を抱かせてしまったらしい。

結界は、彼女の帰還と共に解除するよう設定してあったので、すでに解かれている。そのせいでジェラールは結界に阻まれることなく寝室へとやってくることができたのだろう。

「なんでもないと、わかったのであろう？　ならば、早く、去ね」

レオンは手を振って部下に退出を命じる。

いくら頼りになる部下とはいえ、マリーの存在を知られるのは気が進まなかった。マリーが知られたくないと望んだということもあるが、彼女の姿をほかの男に見せたくないという気持ちもあった。

——ふ。この俺が、たかが娘ひとりに翻弄される日がこようとはな……

レオンは自嘲する内心をおくびにも出さず、ジェラールに背を向けた。

「いいえ、なにもなかったはずがございません。私の目と鼻を誤魔化せるとお思いですか？」

魔王の配下の中でも、とりわけ耳がよく、目ざといジェラールを欺くことは難しいことはわかっていた。

それでもマリーの存在を知られるのは極力遅らせたかった。

「陛下おひとりであったならば、この香気の説明がつきません。夜に咲く花のような芳しくも、ほのかに妖しい……」

「ふん」

芳しいマリーの香りをジェラールに嗅がれたのだと思うと、レオンの機嫌は急降下した。

――やはり、すぐに結界を解くべきではなかったか。

「それに、陛下の魔力が、今までになく満ち足りているご様子。なにかあったのは一目瞭然」

ジェラールがにやにやと笑う。

レオンは魔将の目から逃れることを諦め、ため息と共に吐き出した。

「……そうだ。おぬしが考えている通り、先ほどまでここに治癒者がいた」

「治癒者……つまり、聖女、ですな？」

「いかにも」

うなずくレオンに、ジェラールが喜色をあらわに詰め寄る。

「ということは、此度の聖女は勇者ではなく我らの側につくというわけですかな？」

ジェラールのマントの隙間からのぞく尾は、機嫌よさそうにピンと伸びている。

どうしてジェラールがそこまでマリーに関心を寄せるのかわからないまま、レオンはしぶしぶ彼の質問に答えた。

「いいや……。残念ながら、これはあの者の気まぐれ……であろうな」

レオンが魔力を癒せたのは、マリーの気まぐれによる僥倖なのだ。

レオンは改めて突きつけられた事実に、胸の奥がざわめいた。

――そうだ。あれはマリーにとって愛の行為ではなく、ただの治療行為に過ぎないのだ。

勇者たちを癒していたマリーの姿を思い出し、レオンの胸のもやもやが強くなる。

聖女として当たり前の行為のはずなのに、自分以外を癒していることがなぜか気に入らない。レオンにする時のように接触しているわけでもないだろうに、彼女が気にかけているというだけで腹立たしい。

レオンはその理由がわからぬまま苛立っていた。

けれど、魔王である己が感情をそのまま部下に見せることは矜持が許さず、レオンは努めて平静を装う。

「気まぐれ……ですか？」

「そうだ。慈悲深い聖女は、俺と勇者に戦ってほしくないらしい」

「それは……。魔王と勇者が戦うのは必定でしょうに」

ジェラールは器用に片方の眉を上げた。

「確かにな。だが、あの者はなにやら考えがあるらしい。それを見届けるのもまた一興かと思ってな。それにあの者が俺に癒しを与えているのは事実。利用できるものは利用すべきであろう」

――そう、ただの道具のように利用すればいい。

どういうつもりかはわからないが、マリーはレオンを助けたいと思ってくれている。ならば、存分に利用するだけだ。それが魔王としては正しい行動のはずだ。

「それで、このところよく勇者の動向を探っておられたのですね」

「そうだ。まあ、勇者など、わざわざひねりつぶすほどの者でもなさそうだが……」

「それはそれは……。では、この不肖ジェラール、陛下のためにひと働きさせていただきたい」

「なにをするつもりだ？」

「この手で勇者を倒してご覧にいれましょう。そうすれば、聖女はすぐにもこちらのものとなります。陛下にとって、ちょうどいい道具となりましょう」

――あれは、俺だけのものだ。

レオンは思わず叫びそうになった言葉を呑み込んだ。

――俺はいったいどうしてしまったのだ？

レオンがこれほど自分のことがわからなくなったのは、初めてのことだった。それに、最近は自分らしくないことばかりしている。

魔物の目を借り、マリーのことばかりを観察してしまったり、魔力結界を張ったり、手ずから世話を焼いてしまったり。

マリーが関わると、なぜだか己を制御できなくなってしまう。

――誰にも見せぬよう、あれを閉じ込めて、鎖に繋いで飼ってしまえば、この胸の苛立ちも治まるのだろうか。

レオンは深く息を吸い、ゆっくりと吐き出した。

「やめておけ。あれらが自らこの城へやってくるというのだ。わざわざ出向くほどのものでもあるまいよ」

「ですが、それでは陛下のお手を煩わせることになります。ここはひとつ、このジェラールにお任せあれ」

ジェラールはぶ厚い胸板をどんと叩いた。

「おい、待たぬか！」

レオンの制止も聞かず、ジェラールは嵐のように立ち去ってしまう。

「勇者を倒してしまっては……。まあ、どうでもよいか」

勇者が力を増してから倒したほうが、星を癒す魔力が増える。だからレオンは彼らを手にかける時期を待っていたのだが、ここでジェラールに倒される程度であれば、大した助けにもならないだろう。

であれば、わざわざ追いかけて止めるほどのことでもない。

それにどうせ、魔王の部下たちは勝手に行動するのだから。

レオンは個性の強い部下の面々を思い出し、ため息を禁じえなかった。

眠気などとうに吹き飛んでしまったレオンは、溜まった仕事を片付けるべく、執務室へと向かうのだった。

第五章　魔将の襲来イベントがあるなんて、聞いてません！

その日は朝から妙に空気がざわめいていた。

ちりちりと肌を焦がすような、なんとなく不穏な空気をマリーは感じ取っていた。

魔王城へと向かう旅路は順調で、特に大きな怪我もなく進んでいる。

ここまでこつこつと経験を積み重ねてきたおかげで、勇者たちは大きな魔物であっても、無理なく倒せるほどに成長していた。

――皆の成長、早すぎない？　このスピードだと、あっという間にレオンのところまでたどり着いちゃうよ……

素直に勇者たちの成長を喜ぶべきなのに、マリーの心は晴れなかった。

先日訪ねたレオンと、気まずい別れ方をしたからだろうか。マリーの脳裏には、別れ際の悲しそうなレオンの表情がこびりついて離れない。

あれから、約束の証である鎖についた石の色をチェックするのが、日課となっている。

残りふたつとなった石は今のところ、さほどくすんでいない。

おそらくレオンの魔力はまだ大丈夫なのだろう。

――レオンが呼んでくれれば、会いに行けるのになぁ。

ふとそんなことを考えている自分に気づき、マリーは首をふるふると振った。

――なに考えてるの。目の前のことに集中しないと。

今は勇者たちと共に、魔物討伐に意識を集中すべき時である。けれど、気づけばレオンのことばかりを考えてしまっている。

「どうした。マリー?」

「なんでもない」

心配そうな表情のエルネストが、マリーの顔をのぞき込んできた。

距離が近すぎる。

慌ててマリーはうしろへ飛び退いた。

「どうした?　そんなに慌てて」

「本当になんでもないから……」

レオンほどではないが、攻略対象キャラであるエルネストも別のベクトルで顔が整っている。

レオンの美しさが、研ぎ澄まされた硬質な美とするならば、エルネストは荒削りの野性的な美しさだ。

そんな顔が間近に迫って、平静でいられるはずがない。

マリーはバクバクと音を立てる胸を押さえた。

「そうか……。だが、最近の君はどこか上の空だ。もし、体調が悪いのなら遠慮せずに言ってくれ」

「そうだぞ、マリー」

リュカがエルネストに同調する。

「……ありがとう。でも、本当に体調は悪くないの。ちょっと考え事をしていただけで。心配をかけてごめんなさい」

エルネストがぽんぽんとマリーの頭を優しく撫でる。

一瞬、びくりとしてしまうが、次第に慣れてくると心地よくも思えてくる。触れられることにはいまだに慣れないが、嫌ではなかった。

「いやいや。俺たちは共に魔王を倒さんとする仲間だろう。もし悩みがあるなら、いくらでも聞かせてくれや。聞くくらいしかできねえかもしれんが、それでも力になりたいんだってことは、覚えておいてくれ」

これまで、これほどマリーのことを気にかけてくれた人はいなかった。

修道院では質素ではあるが十分な食事、寝床、そして聖女としての教育を与えられた。だがそこに愛情と呼べるようなものを与えてくれる者はいなかった。

幼い頃に教会に引き取られたマリーは、肉親の愛情というものに飢えていた。茉莉としての家族の記憶はあるが、はるか遠いものだ。

——もし、お兄ちゃんがいたらこんな気分なのかな……

マリーの胸がほんわりと温かくなったような気がした。

「ありがとうございます。その時は、相談させてください」

「女の子特有の悩みだとしたら、力になれるかわからねえけどな」

「違いない」

エルネストの宣言に、リュカが笑って同意する。

「ふふ……」

優しいエルネストの眼差しに、マリーはくすぐったいような気持ちになって、思わず声を漏らして笑った。

ふと影が差した気がして、顔を上げると、先頭を進んでいたはずのユベールが隣を歩いていた。

「もしかして、恋の悩みとかー?」

「ええっ？」

ユベールの問いに、マリーが答えるよりも先に、リュカが驚きの声を上げる。

「そういえば、最近のマリーはなんだか色っぽくなったな」

――いやいやいや。ないから。生粋の喪女になんという疑いを！

マリーはあわあわとエルネストに抗議しようとしたが、リュカとユベールが騒ぎ出してしまい、タイミングを逸する。

「おいエルネスト、その言い方はちょっとまずいだろ！」

「そうだぞー。せくはら？　とかいうやつじゃないのー？」

「ち、ちげえよ！」

慌て出すエルネストをからかう勇者と魔法使いという図が出来上がった。

マリーが以前つい漏らしてしまった前世における現代用語がきっかけで、ユベールはマリーから教わった現代用語を、面白がって使うのにはまっていた。

そんなユベールは、時折絶妙な言葉選びでマリーを笑わせてくれる。

からかい合う三人の姿を見ていると、マリーまで楽しくなってきた。

「そんな立派な悩みじゃないから」

マリーの望みは大したものではない。誰ひとり欠けることなく、この旅を無事に終えること。ゲームのように誰かと結ばれて幸せになるなんて、大層なことは望まない。

――死亡フラグさえへし折ればいい。無事に旅を終えて、目指すのはお友達エンド。

だけど、レオンだけは……

わちゃわちゃとじゃれ合っていたエルネストが、急に真面目な顔つきになって盾を構えた。

「おい、静かにしろ！」

マリーたちも慌ててエルネストに倣い、それぞれ武器を構える。

周囲はいやに静まり返っていた。

見晴らしのいい平原に、魔物の影は見えない。だが魔物はおろか、生き物の気配もしないのは不自然だった。明らかに異常なことが起きている。

「北だ！」

北を指したエルネストにつられて、マリーもそちらに目を向ける。

なにかがものすごい勢いで疾走していた。そしてその影はどんどんと近づいてくる。

「なんだ、馬か？」

「いや、ちがう！」

禍々しい気配は、これまで勇者たちが倒してきた魔物の比ではない。近づく影は見る間に大きくなった。

「魔物だ。それも名前持ちクラス！」

ユベールの叫ぶような声に一同に緊張が走る。

魔物の中でも特に強い個体は、人の言葉を解し、固有の呼び名を持つ。彼らは名前持ちと呼ばれていた。

――名前持ちが襲ってくるなんて、イベント発生が早すぎるー！

マリーは内心で絶叫していた。

ゲームで名前持ちの魔物と戦うイベントがあったことを、茉莉は覚えていた。だが、それはかなり終盤のことで、魔王城到達直前に起こるはずのものだ。

しかも、襲来という形ではなく、勇者たちが最後の決戦に向けて魔王側の力を削ぐために、戦いを挑むイベントだった。

まさか、ストーリーにない行動を取ったしわ寄せが、こんな形で表れてしまったのだろうか。

マリーがうろたえているあいだにも、敵影は目前に迫る。

勇者たちはそれぞれに自分の得物を構え、迎撃態勢を崩さない。

二本足でありながらも猫科の猛獣のように疾走する影は、マリーたちの前でスピードを緩め、やがてゆっくりと歩みを止めた。

マリーは見覚えのある敵の姿を目にして、一気に青ざめる。

――魔将ジェラール！

ジェラールは魔王の部下の中でも一、二を争う力の持ち主だ。

「ふははは！　我が名は魔将ジェラール。おまえが勇者で相違ないか？」

悠然と立つジェラールの姿には、一分の隙もない。これまで戦ってきた魔物とは桁違いの存在感に、勇者たちは完全に気圧されていた。

「ま、魔将！」

リュカが上ずった声で叫ぶ。

どうやらリュカにも魔将の名は聞き覚えがあるらしい。

「やれやれ、こちらが名乗っているにもかかわらず無視とは、今代の勇者は礼儀知らずとみえる」

「それは……失礼したなっ。私はリュカ。当代の勇者だ！」

リュカはジェラールを睨み付ける。

エルネストは盾を構えつつ、防御に最適な場所へとじりじりと移動していた。

そしてマリーの背後ではユベールがルーンを描くべく、指を宙に伸ばしている。

マリーの目に、リュカの足がかすかに震えているのが映った。

彼女とて叶うことならば、ここから逃げ出してしまいたい。魔王の前に転移した時でさえ、これほどの恐怖は感じなかった。

「ふむ。ならば、こちらが聖女か」

ジェラールがマリーに視線を移し、にやりと笑う。それはご馳走を前にした肉食獣の舌なめずりだった。

マリーは思わずびくりと身体を震わせる。

「私は、楽しみをあとに取っておく派なのだ」

「マリーに触るなっ！」

剣を構えたリュカが気色ばみ、ジェラールに切りかかる。

「ならば、おまえの実力をもって排除するがいい！」

リュカの全力を込めた一閃は、ジェラールの腕に難なく受け止められてしまった。

「リュカっ、下がれっ！」

エルネストは盾を掲げてジェラールに突進した。そのままの勢いで体当たりし、隙を作る。

リュカはうしろへ飛び退（しさ）った。

リュカがいた空間をジェラールの爪が切る。どうやらジェラールの得物は己の肉体そのものらしい。

続けて振り下ろされた鋭い爪は、今度はエルネストの持つ盾に突き刺さる。

エルネストとジェラールの力比べが始まった。

「ぐっ……」

「人ごときが力で私に敵うとでも？」

歯を食いしばるエルネストとは対照的に、ジェラールの顔は愉悦に満ちていた。

マリーはジェラールに向けて杖を構える。

「硬直（スタン）っ！」

マリーの放った魔法はジェラールを直撃する。が、ジェラールの動きは止まらない。

「効かぬなぁ」

ジェラールはにやりと笑う余裕さえあった。エルネストの盾に突き刺さったほうとは反対の手を振り上げ、エルネストに向かって振り下ろす。

エルネストは盾でジェラールの攻撃を受け止めようと力を込めた。だが、食い込んだ爪がそれを阻む。

盾で攻撃を受けることのできなかったエルネストは、そのまま吹き飛ばされる。エルネストの身体がごろごろと地面を転がった。

「エルネスト！」

マリーは癒しを与えるべく、エルネストに駆け寄る。大きな傷こそ見当たらないが、衝撃が大きかったのだろう。その顔は苦痛に歪んでいる。

マリーは杖を握りしめ、回復魔法を放った。

「癒しを！」

優しい癒しの光が、エルネストに吸い込まれていく。

けれど、エルネストは低く呻き、わずかに目を開いたが、立ち上がれそうにない。

「マ……リー……来る……な」

「いいから、黙って！　癒しを！」

マリーは一度では足りず、再び癒しの魔法を注いだ。

「よくも、エルネストを！」

巨大なルーンを描いていたユベールが、怒りを込めて雷撃を放った。

空気を裂くようなメリメリという音と共に、雷光がジェラールに突き刺さる。

マリーはあまりの眩しさに目を閉じる。

これほど強力な魔法をユベールが使ったところを、マリーは見たことがなかった。加護のおかげで使えるようになった魔法は、最高レベルの威力を持つものだ。

魔法の発動までに時間がかかったのもうなずける。

しかし、そろそろと目を開いたマリーの目に、信じがたい光景が飛び込んできた。

「なかなか……強烈な魔法だった」

あれほどの威力の魔法が直撃したにもかかわらず、ジェラールは涼しい顔で立っていた。身体を覆う毛皮と服の一部が、ぶすぶすと煙を上げている。けれど、大したダメージを与えられたようには見えなかった。

「うそ……」

「馬鹿なっ。あれだけの雷撃でもダメージが入らないなんて……。くそっ！」

ユベールは呆然と呟きながらも、次の魔法を放つべく、ルーンを描き始める。

「くっ……俺が相手だ！」

「よかろう。来い、勇者よ！」

隙をうかがっていたリュカがジェラールに切りかかる。力よりも素早さに長けたリュカの剣は、あまり大きなダメージを与えることはできない。

その分を手数の多さで補っているのだが、いつも敵の隙を作る役目のエルネストがいないため、かなり苦戦している。

「癒し、もっと癒しを！」

一度や二度で足りないのなら、何度でも癒しを与えればいい。

マリーは自分の持てる限りの癒しをエルネストに与えようとする。

「マリー、……十分だ」

いつの間にか目を開けていたエルネストが、マリーの手を留めた。

少しふらつきが残っていたが、どうにか盾を支えにして立ち上がる。

「でも……」

どう見ても十全とは言いがたい。マリーは更にエルネストに癒しの魔法を与えようと杖を握りしめる。

「今はこれで十分だ。マリーは俺たちの生命線だ。力を温存しといてくれや」

この中で一番戦闘経験のあるエルネストにそう言われてしまえば、マリーとしても従うほかなく、しぶしぶながらうなずく。

「はい……」

エルネストが、盾を掲げて走り出す。

マリーはそんなエルネストのうしろ姿を見つめながら、なにもできない自分に苛立っていた。

本来であれば、ジェラールが登場するのは魔王城の直前のはずだった。ゲームの中ではそれなりに実力がついていた時期でさえ、倒すのに苦労した記憶がある。

魔王城までまだ半分以上の道のりが残っている今、皆のレベルが足りているとはとても言えない。

――なにか方法があるはず。なにか……！

マリーの胸が焦燥にじりじりと疼いた。

魔法耐性の強いジェラールを魔法で倒すことは不可能に近い。ゲームでは、エルネストとリュカの物理攻撃一辺倒で戦うのが常道だった。けれど今のレベルでは、その手段も使えない。

「ユベール！　魔法じゃ無理だ！」

エルネストの助言に、ユベールは苛立ちを隠さず叫んだ。

「わかってるっ！」

ユベールは先ほどの雷撃ほどの威力はないが、小さな爆発をいくつも起こした。

至近距離での爆発は、大したダメージを与えられなくても、ジェラールに隙を作ることに成功する。

戦線に復帰したエルネストが盾で守りを固めつつ、指示を飛ばす。

「リュカ、今だ！」

「了解っ！」

ジェラールが爆風に目を閉じた瞬間を見計らって、リュカが切りかかる。下からすくい上げるように動いた剣が、弧を描いてジェラールに迫った。

ジェラールは上体を反らし、その一撃を避ける。だが、その剣先はわずかにジェラールの頬を傷つけた。

一筋の血がジェラールの頬を伝い落ちる。

「ちっ……」

ジェラールが忌々しげに舌打ちすると同時に、放つ殺気が一気に膨れ上がる。

傍から見ていても彼の目の色が変わったのがわかった。

「少々お遊びが過ぎたようだ」

ジェラールの目はぎらぎらと怒りに燃え上がり、全身の毛がぶわりと逆立っている。

「おい、まずいぞ」

「こうなったら、突撃するしかねえ」

「やるしかない」

エルネストの提案にユベールが同意し、リュカは黙ってうなずいた。

「行け！」

リュカが剣を振りかぶり、スピードを生かして何度も攻撃を繰り出す。

ユベールは魔法による直接攻撃を諦め、足場を崩したりするサポートに切り替えていた。

「ちょこまか、ちょこまかとっ！」

「ぬかせっ！」

エルネストはジェラールの攻撃を防ぎつつ、隙を見て盾を振り回して攻撃する。

だが怒りに支配されたジェラールの攻撃は、一撃一撃がすさまじく重い。

「ぐっ……」

真正面から攻撃を受け止めたエルネストが膝をついた。盾を構えていられず、手を離してしまう。聖盾（せいじゅん）は大きな音を立てて地面に転がる。

ジェラールは腕だけではなく、全身を使って攻撃を仕掛けてくる。蹴りを受けたリュカが吹っ飛んだ。

「ぐあっ！」

つぶれたような短い悲鳴と共に、地面を転がった。

リュカに視線を向けていたユベールに、いつの間にかジェラールが接近していた。気づいた時にはもう遅い。

ユベールは必死に攻撃を回避しようと身をよじる。

だが振り上げられたジェラールの爪が、ユベールの腕を引き裂く。

血が周囲に飛び散った。

視界を占める緋色に、マリーは動揺したが、すぐに我に返って魔法を放つ。

ユベールには今すぐにも癒(いや)しが必要だった。

「癒し(ヒール)、癒し(ヒール)、癒し(ヒール)を！」

マリーは立て続けに回復魔法を放った。

「マリー、ありがと……」

傷口が塞がり、応急処置を得たユベールはすぐさま戦線復帰する。

だが、本気になったジェラールの攻撃の手はとどまるところを知らず、すぐに誰かが傷ついていく。

膝をついたままのエルネストは、もう動けない。

ルーンを描くべく、宙に伸ばされたユベールの指が動きを止める。彼の魔力はとうに底をついていた。

リュカは地面に転がったまま荒い呼吸を繰り返している。

ここでユベールに心に癒し（マジック・ヒール）をかけたとしても、この状況を打破するのは難しいだろう。

マリーは絶望的な状況に唇を噛みしめる。

この状況を打開できそうな魔法は、ひとつしか思いつかない。今の自分にはまだ使い得ないはずの魔法。それでも、なぜだかマリーには発動できる自信があった。

「尊（とうと）き御手の守りをここに。我らを照らす慈愛の光明……」

「マリー！　やめろ、それはっ！」

マリーが大がかりな魔法を使おうとしていることに気づいたリュカが、鋭い声を上げた。

だが、制止するにはもう遅い。マリーの詠唱は佳境に差し掛かっていた。

「脆弱（ぜいじゃく）なる我らに御身の癒（いや）しを与え給え。守りの盾（ガーディアンシールド）！」

握りしめた杖の先端から光が迸（ほとばし）り、パーティ全体を包み込む。

マリーが発動したのは、本来ならばまだ使えるはずのない防御魔法だった。守りの盾（ガーディアンシールド）は物理攻撃をほぼ防ぐと同時に、癒（いや）しを注ぐことができる。だが、今のマリーのレベルでは、消費魔力が大きすぎて、ほとんどの魔力を使い果たすことになる。

一気に魔力が身体から抜けていく感覚に、マリーはがくりと地面に膝をついた。

「マリー！」

「マリーッ！」

皆の心配そうな叫び声が聞こえたが、マリーに応える余裕はない。

それでも渾身の力を込めて注いだ魔力はなんとか途切れることなく、勇者たちを守り、癒(いや)していく。

「こしゃくなっ！」

苛立ちをあらわに、ジェラールが爪を振り下ろす。その時、守りの盾(ガーディアンシールド)から攻撃が発生した。

「ぐっ！」

ジェラールが派手に吹き飛ぶ。

——あれ？　守りの盾(ガーディアンシールド)って攻撃を防ぐだけじゃなくて、反射までできたっけ？

マリーは朦朧(もうろう)としながらも、強すぎる防御魔法の威力に自分でも驚いた。

この隙に体勢を立て直したエルネスト、リュカ、ユベールが、彼女を庇うように立ち塞がる。

ジェラールはよろよろと立ち上がった。

「……仕方がない」

先ほどまで怒りに満ちていたジェラールの目には、理性が戻っていた。

「もう少し簡単に倒せると思っていたのだが、少々考えを改めるべきか……。せいぜいそこの聖女様に感謝するのだな。次はない」

ジェラールはあきれたような表情と共に言い捨て、踵(きびす)を返す。

なぜかはわからないが、ジェラールはひとまず退散することにしたらしい。

勇者たちにそれを追う余力はなかった。遠ざかるジェラールの影を黙って見送ることしかできない。

禍々(まがまが)しい気配が遠ざかり、勇者たちが立ち尽くす草原に、いつもの音が戻ってきた。

からんと乾いた音がして、マリーの持っていた杖が地面に転がる。

同時にマリーの魔力が底をつき、守りの盾(ガーディアンシールド)が消滅する。彼女の身体から一気に力が抜け、糸が切れたように地面に崩れ落ちた。

「マリー！」

倒れ込んだマリーの身体を、間一髪リュカがすくい上げる。

マリーの耳にはリュカの心配そうな声が聞こえたが、それに応える余裕はない。全身から力が抜け、指一本さえも動かせそうになかった。

「マリー、しっかりしろ！」

「めい……わく、……ごめん……なさい」

マリーは小さな声で呟くと、全身が沈み込んでいくように暗闇に意識を委ねた。

「マリー、マリー?」

ぐったりとしたままのマリーの身体を、リュカが揺さぶる。

「リュカ、やめなよ。あれだけの魔法を使ったんだ。魔力切れにもなるさ」

ユベールに制止されて、リュカはようやく揺さぶっていた手を止める。

「そうか、魔力切れか……」

リュカは気絶の原因を理解して、ほっと息を吐く。それから、ぎゅっと彼女を抱きしめた。

押しつぶしてしまわぬよう、必死に抑制しているのか、その腕はぶるぶると震えている。

「もう、いくら気を失っているとはいえ、そう簡単に女の子の身体に触れないでよねー」

ユベールは少しだけ、いつもの調子を取り戻していた。あきれた様子でリュカから背を向け、地面に落ちていたマリーの杖を拾い上げる。

「少しでも早く、マリーを休ませてやろうぜ」

エルネストがリュカの肩をぽんぽんと労(いたわ)るように軽く叩いた。

「ああ、そうだな」

リュカは青ざめたマリーの顔をじっと見つめ、自嘲を込めて呟く。

「なにが勇者だ。守るべき仲間に守られて……」

「リュカ……。盾を持つ者として、一番皆を守るべきだったのは俺だ。俺が一番不甲斐ねえんだよ……。だから、それ以上は言うな……」

エルネストとリュカは揃って落ち込んだ。

そんなふたりを横目に、ユベールは手にした杖をブンと振った。

「そんなこと言ったら、僕だって同じだよー。今の僕の魔法じゃ、ジェラールには全然通用しなかったんだ。そりゃ悔しいよ……。でも、できない自分を嘆くだけなら、誰にだってできるよねー？」

リュカははっとしてユベールを見た。ユベールがそんな前向きな発言をする人物だとは思ってもみなかった。

「ユベール？」

リュカはマリーを抱きしめたまま、視線だけでユベールに発言の真意を問うた。

「だーかーらー、もっと実力を身につけるしかないってこと。落ち込んでいる暇があるなら、経験を積むしかないでしょー？」

「……そう、だな」

リュカには、ユベールに反論できるような意見は何ひとつ思い浮かばなかった。

「悔しいけど、今この中で一番強いのは、マリーだってこと。いつまでもこのままでいるつもりー？」

「そうだな。ユベールの言う通りだ」

いつの間にか落ち込みから脱していたエルネストは腕を組み、うんうんとうなずく。

「次は……、絶対に守ってみせる。もう、二度と無様な真似を晒したりなんて……しない」

リュカは食いしばった歯の隙間から、呻くように宣言する。

「……そうだな。俺はもう二度と盾を手放さないぜ」

盾を手にしたエルネストは、指が白くなるほど力を込めて握った。

「さ、一度街まで戻ろう。早くマリーを休ませてやらないとねー」

「ああ」

リュカはエルネストに手伝ってもらい、肩にマリーを担いだ。ユベールがマリーの荷物を持ち、エルネストがリュカの荷物を分担する。

勇者たちはゆっくりと、だが確実な足取りで、今朝発ったばかりの街へ向かって足を踏み出した。

マリーは人の気配を感じて、ゆっくりと目を開く。

——なんで、なんで目の前に顔が⁉

「……ひ、あ、ぇええ⁉」

目の前に空色の瞳が迫っていた。マリーは声にならない声を上げて、後ずさりしようとする。

だが、顔の両脇に手をつくように覆いかぶさられていて、身動きが取れない。

「落ち着け」

聞き覚えのある声に、落ち着いて見ると、目の前に迫っていた顔がレオンのものだとようやく気づく。

「なっ、な……、ど……」

驚きすぎて声が出てこない。

「どうして俺がここにいるか、知りたいのか？」

マリーは疑問を口にするのを諦めて、無言で何度もうなずいた。

「ここは、カプレの街の宿の一室だ。おまえの仲間が、運び込んだらしい。魔力切れで倒れたことは理解しているか？」

マリーの脳裏に、気を失うきっかけとなった記憶が一気に流れ込んできた。

このストーリーの進行状況ではあるはずのない魔将ジェラールの出現と、勇者たちがボロボロになったこと。そこでマリーが守りの盾を発動させ、ジェラールが撤退していった光景が、次々と脳裏によみがえった。

「おもい……だした」

全力疾走したあとのように、マリーの心臓はバクバクとうるさい音を立てている。

ここがレオンの言う通りカプレの街なのだとしたら、先には進まず、今朝発ったばかりの街に戻ってきたことになる。

勇者たちの姿は見えず、レオンがここにいる理由もわからないが、とりあえずは皆を守りきれたのだと、安堵がこみ上げた。

――よかっ……たぁ……。助かったんだ。

それまで覆いかぶさるようにしていたレオンが、ゆっくりとマリーの上からどいて、ベッドを下りた。

「とりあえず、水でも飲むがいい」

レオンがナイトテーブルに用意されていた水差しを手に取り、グラスに水を注ぐ。それからグラスをマリーに差し出した。

「あ……りがと」

手を伸ばしたマリーは、腕に走った痛みに驚く。恐ろしいほど身体が重く、伸ばした手には力が入らず、震えていた。

「魔力を使いすぎれば、誰でもそうなる」

あきれた口調で言い捨てたレオンは、グラスをあおり、水を口に含んだ。そのままマリーに顔を近づけ、唇を重ねる。

マリーは呆然と、レオンから口づけを受けた。少し冷たい唇が触れたかと思うと、顎をつかまれて強引に口を開かされる。

唇を割って水が口の中に流れ込んできた。渇ききっていた喉に、甘露のごとく染み込んでいく。

マリーは夢中でレオンの与えてくれる水を飲み干した。

「もっとか？」

「も……っと」

あまりに彼から与えられる水が甘美で、これだけでは到底足りそうにない。マリーは夢中で次をねだった。

「ふ、よかろう」

レオンはわずかに唇に笑みを刻むと、再び水を口に含んでマリーに与える。

二、三度繰り返したところで、マリーはようやく我に返った。

喉の渇きは満たされたが、身体の奥に焼け付くような感覚が渦巻いている。典型的な魔力切れの症状だった。

「あ、ありがとう。でも、……もういい」

「そうか？」

レオンはグラスをナイトテーブルの上に置いたかと思うと、流れるような仕草でマリーを腕の中に閉じ込めた。

少し気恥ずかしかったが、レオンの温もりを感じて、マリーの口からほう、と息がこぼれた。彼の腕の中はいい匂いがして、気持ちが落ち着いてくる。

「ええと、レオンはどうしてここに？　それに、皆は？」

「勇者のことなど知らぬ。だが、この時間だ。休んでいるのではないか」

見上げたレオンの眉間にはしわが寄っていた。

「そうね……。ねえレオン、なんだか機嫌が悪そうだけど、私あなたになにかしてしまったの？」

「……いいや、なんでもない。それより、体調はどうなのだ？」

「魔力が足りないほかは、特に問題はないと思うけど……」

「ふむ。あれほどの魔法を使えば枯渇するのも当然だ」

レオンはマリーの髪を指先で梳くようにもてあそんだ。長く美しい指をマリーの髪に絡める仕草には、形容しがたい色気があった。

マリーはドキドキとうるさく鳴る心臓を宥めつつ、会話に集中する。

「み、見てたの？」

「ジェラールの目を借りて……な」

レオンは意地悪そうな顔でにやりと笑った。

――ちょ、それ、スライムの時も思ったけど、一歩間違えばストーカーだよ？

彼の行動が少々危険な香りがしないでもなかったが、マリーを心配してくれていたのだと思うと、照れくさい。なんとなく素直に感謝の気持ちを告げられず、マリーは思わず憎まれ口を叩いてしまう。

「魔王様って暇なの？」

「敵対する者共の動向を把握しておくのは、当たり前のことではないか？」

「……そうですね」

マリーは平坦な声で応える。マリーを心配してという理由を期待してしまった自分が嫌で、わざと嫌味っぽく尋ねてみる。

「それで、わざわざ敵の真っただ中に来てくださった理由をお聞きしても？」

「ふん、……いつも癒してもらっている礼くらいしてやろうと思ってな」

——お礼なのに上から目線って……、やっぱりレオン様はレオン様だなぁ。

レオンらしい物言いに、怒りよりも可笑しさが勝った。

「それは……どうも。でも、礼って？」

「おまえは今どういう状態だ？」

「魔力切れだけど……？」

どうしてわざわざ試すような物言いをするのかがわからない。マリーは首を傾げた。

「癒しは与えてやれぬが、魔力供給だけなら俺にもできよう」

レオンはそう言うや否や、マリーの唇を己のそれで塞いだ。

「ん……ぅ」

水分補給のためではなく、官能をかきたてるようなものでもない、魔力を分け与えるためのキス。それは慈愛に満ちていた。

少し冷たい舌がマリーの口内をぬるりとなぞる。触れ合った粘膜からじわじわと魔力が染み渡り、喉の渇きとは異なる飢えが、みるみるうちに癒えていく。

マリーは恥じらいも忘れ、レオンの舌に自分のそれを絡めた。

――甘い、甘い。もっと、もっと。

夢中で彼の唾液と共に魔力をすする。怠さに苛まれていた全身が、軽くなっていく。レオンの魔力は度数の高い酒のようにマリーを酔わせた。それでも、飢えきった身体はまだ魔力を欲していて、勝手に魔力を求めてレオンの口内を探ろうとしてしまう。

マリーはレオンの首に縋り付き、更なる魔力を求め、舌を絡めた。

「ふ、マリー。短い間にずいぶんと欲張りになったものだな？」

レオンの声には揶揄するような響きが含まれていた。だが、マリーはそれすら気にならないほど、与えられる魔力に夢中になっていた。

気づけばマリーの身体は熱くなり、息は肩を上下させるほどに乱れていた。魔力の飢えは治まりつつあり、身体の奥底が焼け付くような衝動は消えていた。

「も、……だいじょう、ぶ」

すっかり頬を赤くしたマリーは、レオンの胸に手を当て、押しのけようと力を込めた。

だが、分厚い胸板はマリーの力くらいでは、びくともしない。

「そうか、それならばよかった……とでも言うと思ったか？」

見下ろしてくるレオンの表情は愉悦に満ちていた。

「ええと？」

「確かにおまえは明朝には問題なく動けるほど回復したであろうが、俺にとっては到底満足できるような状況ではないと、わかっておらぬのか？」

マリーは触れ合うレオンの身体の一部が、欲望をあからさまに伝えてくる。マリーにとっては飢えを満たすための本能的な行為でしかなかったが、レオンにとってはそうではないとようやく気づいた。

恐ろしいような、それでいて興奮するような奇妙な気持ちが湧き起こる。どう答えるのが正解なのかわからず、マリーは口をつぐんだ。

「……とはいえ、おまえもまだ万全の体調とは言えぬだろう。今はひとつ貸しとしておこう」

マリーを抱きしめたままのレオンの顔に浮かんだのは、あくどい笑みだった。

「それは、お礼を言うべきなのかしら……？」

「いいや、その必要はない。いずれ返してもらうゆえ」

「んっ……！」

レオンは強引にマリーに口づけた。舌を吸いながら、その手をマリーの後頭部に回す。逃れられぬようしっかりと捕らえ、深く口づける。

先ほどとは違う、欲情をかきたてるような濃厚な口づけだった。背中をぞわりと悪寒にも似た感覚が駆け抜ける。

レオンの手によってその感覚がなんであるかを教え込まれたマリーの身体は、あっさりとそれを快楽として受け止めた。

ただでさえ力の入らない身体から力が抜けて、ぐったりとレオンに身を預けるしかなくなる。

息が上がり、苦しさを感じると同時にお腹の奥がきゅっと疼き、自分の身体が自分のものではないような気がしてくる。

いくらいち推しのキャラとはいえ、こんな関係になってしまうとは想像だにしていなかった。

自分が強くなってレオンを助けるはずだったのに、逆にレオンに助けられてしまった。推しにこんなことをさせてしまうとは、なんておこがましい。

それなのに、彼に触れられるともっと触れてほしくなってしまう。ずっと彼のいろんな表情をそばで見ていたい。

相反する気持ちに、自分でもレオンとどう向き合っていけばいいのか、わからなくなる。

これほどマリーの心をかき乱すのはレオンだけだった。

何度も唇を吸われ、少し腫れたように感じるくらいになって、ようやく解放された。

「何度味わってもすさまじい力だな、おまえの癒(いや)しは」

「れお……ん」

マリーは涙の滲んだ目で恨めしげにレオンを睨み付けた。

けれど、息を乱し、頬を赤く染めた姿では全く効果はなく、レオンは鼻先で笑い流す。

「ふふ。さあ、まだ朝は遠い。今は休むがよい」

レオンは力の入らないマリーの身体をそっと横たえた。

離れた温もりに、マリーの胸に寒風が吹き込んだような寂しさがこみ上げた。離れようとするレオンの袖を思わずつかんでしまう。

「どうした?」

「あ……」

自分でも思いがけない行動に、マリーは戸惑いに瞳を揺らした。

「それほど離れがたく思ってくれるのならば、次の来訪が楽しみだ」

にやりと笑うレオンに、マリーが感じた寂しさは霧散した。

「もう、さっさとお帰りください」

「ふはは」

レオンは声を上げて笑うと、窓に近づき大きく開け放つ。

窓の外は暗く、夜明けにはまだ遠い。

「ではな！　翼を我が背に与えよ。飛翔（フライ）！」

レオンは窓枠に足をかけると、魔法で翼を作り空へと飛び立った。

レオンはマリーの不調を治すためだけに、わざわざ飛んできてくれたのだ。口を開けば憎らしいことばかり言い立てるけれど、本当は優しいことをよく知っていた。

レオンが星の傷を癒（いや）すのも、配下の魔物を守るためだ。魔物が増えすぎればどうしても人との争いは避けられない。そうすれば魔物は勇者によって狩られてしまう。

レオンは自分を犠牲にしても魔物たちを守るために星を癒（いや）していることを、マリーは知っていた。

そんな貴重な魔力をマリーに分け与えるために、彼は来てくれた。自分こそ魔力が足りないはずなのに、彼を二度癒（いや）しただけの女を助けるために。

「もう、レオンは優しすぎるよ……」

これこそ、マリーが前世で彼のことを好きになった理由だった。美貌や美声だけではなく、ファンディスクで彼の本当の姿を知って更に好きになった。そして、今は画面越しではない彼に触れて、その気持ちが加速していく。

「はぁ……」

マリーはため息をひとつこぼし、よろよろとベッドを抜け出した。

開け放たれたままの窓を閉めようと、近づいた窓ガラスにマリーの姿が映り込む。

「あ、なくなってる……」

マリーの首元を飾っていた約束の石は残りひとつとなっていた。


レオンのおかげでかなり魔力が回復したマリーは、翌朝には元気に勇者たちと顔を合わせた。

朝の支度を整え、食堂に向かうと、リュカが一番先にマリーに気づく。

「もういいのか？」

「はい、ご心配をおかけしました」

少し遅れて気づいたユベールとエルネストは、椅子から立ち上がってマリーに近づいた。

「顔色はよさそうだねぇー」

「マリー、本当に大丈夫なのか？　無理する必要はないぞ？」

「魔力も回復したので本当に大丈夫。ふたりとも、本当にすみませんでした。私をここまで運んでくれたんでしょう？」

「マリーを運んだのはリュカだよー。お礼ならリュカにねー」

ユベールがにこりと微笑む。

先日までユベールとのあいだに感じていた壁のようなものが、なくなったような気がする。

マリーはようやく勇者パーティの一員として認められたようで、ほんのりと胸が温かくなった。

「リュカ、本当にありがとうございました」

「礼を言われるほどのことじゃない。それに、守られたのは俺たちのほうだ。君の守りの盾(ガーディアンシールド)は俺たちを救ってくれた。こちらこそ、ありがとう」

唐突にリュカに手を取られ、マリーはどぎまぎしながら一歩下がる。

「いいえ。私のほうこそお礼を言われるようなことじゃないよ。私にできることをしただけ……」

あの時は無我夢中で、誰かを救おうだなどと考える暇もなかった。ただ自分たちを守るためにしたことで、礼を言われるほどではないとマリーは思っている。

「だが、結果として救われたのは俺たちだ」

「……そうだ。だから礼を言わせてほしい。ありがとな」

エルネストもリュカと同じようにマリーの手を取ると、捧げるようにして額をつけた。それはこの世界における、最上級の感謝を示す方法だった。

「……どういたしまして」

リュカばかりか、エルネストまでもが距離が近い。

──な、なんなのー？　好感度は友情止まりになるように調整してきたはず。まさか危ないところを助けたから？　嘘でしょー？

あまりに近すぎる距離に、マリーの跳ね上がった鼓動は治まらない。

「僕、マリーのこと、つんけんした女だと思っていたけど、ただの照れ隠しだったんだねぇ」

「え、そんな風に思われてたの……」

マリーは特に無愛想に振る舞ったつもりはなかったが、周囲の見え方は違ったらしい。

──そ、そうだったんだ……。好感度が上がりすぎないように調整してたつもりが、そんな風に思われてたなんて……。そりゃなかなか信用してもらえないよね。

「俺はなんだか危なっかしくて、目が離せなくて……守ってやりたいと思っていた。だけど、守られたのは俺のほうだったな……」

リュカは勇者としての役目を果たせていないことに落ち込んでいる。

「落ち込んでいる場合じゃねえぞ。これから、あれくらいの敵が出てきてもおかしくないってことだ。今以上に精進しねえとな」

落ち込むリュカをエルネストが励ました。

「……そうだな。今魔将に襲われても勝ち目がない。一刻も早く、あの魔将に打ち勝つだけの力を身につけなければ」

リュカはエルネストの言葉に、少しだけ厳しい顔を緩めた。

「そうだねー」

ユベールがうんうんとうなずいて加わる。

確かに戦力の補強は急務だった。もっとレベルを上げなければ、ジェラールに勝つどころか、魔王城にたどり着くことすら難しい。

――だけど、リュカたちがやる気になりすぎて、レオンを倒されたら私が困るんだけど……。

マリーはやる気になった勇者たちとどう接していけばいいのか、考えあぐねていた。

打倒魔王を掲げる勇者たちには申し訳ないが、マリーにレオンを倒すつもりは全くない。それどころか、助ける気満々だ。

最悪の場合、勇者たちと決別しなければならない時が来るかもしれない。それでもマリーは、レオンを助けたいのだ。

「私も頑張る。もっときちんと皆を守れるように……」

可能なら、レオンだけではなく勇者たちも幸せな未来をつかめたらいいのにと、願わずにはいられない。レオンほどの推しではなくとも、彼らとて大好きなゲームキャラであることは間違いない。それ以上に、ここまで苦楽を共にしてきた仲間なのだ。

「あー、マリー？　そんなに頑張られると、俺たちが追いつけないんだが」

「いいじゃないの、エルネスト。僕たちがそれ以上に頑張ればいいことでしょー？」

「ユベールの言う通りだな。精進あるのみ、だ」

マリーと勇者たちは互いに成長を誓い合うと、早々にカプレの街を旅立った。

成長を決意した勇者たちには恐ろしいほどの気迫がこもっていた。

これまでも、決して成長が遅いというわけではなかったが、ジェラールとの戦いがよほど悔しかったのだろう。やる気のみなぎった勇者たちの成長には目を瞠(みは)るものがあった。

だが一方で、休憩もろくに取らずに戦おうとするので、マリーはいくらなんでもやりすぎだと勇者たちをたしなめる。

「皆、いい加減に少し休もうよ？」

「マリー、そう言ってくれるのはありがたいが、甘えていては成長など見込めない」

リュカがきりりとした表情で言い放つ。

「リュカの言う通りだ。まだまだいけるぜ」

「エルネストは少し怪我をしてるでしょう？　治癒魔法を使うね？」

エルネストの服は所々破れ、わずかに血が滲んでいる。先頭で盾役を務めるエルネストの消耗が一番激しい。

「いいや、大丈夫だ。マリーの魔力は温存しといてくれ。これくらいはかすり傷だしな」

「もうっ、そういう油断があとあと響いてくるんだから！」

マリーは強引に治癒魔法を発動させた。

「癒し（ヒール）を！」

レベルが上がったからなのか、加護のおかげなのかはわからないが、治癒魔法くらいなら大して魔力を使わずに発動できるようになっていた。

「すまねえな。けど、これでもうひと頑張りできるぜ」

全く懲（こ）りた様子のないエルネストに、マリーはため息を禁じえない。

「マリー、諦めなよ。やる気になったアニキを止めるなんて、無理だしー」

「アニキ？」

いつもと違う呼び方にマリーは首を傾げる。

「そう。エルネストのことをそう呼ぶことにしたんだよー。僕に兄はいないけど、いたとしたらきっとこんな感じなんだろうなーって話してたら、呼んでもいいって言われたからさー」

「俺もアニキって呼んでる」

いつの間にか男性組が仲良くなっていた。

――いいなぁ。男同士の友情って感じで。

「アニキ……かぁ」

確かにエルネストは一番年長ということもあって、落ち着いている。魔王城への道のりにも詳しいし、盾役ということで常に皆を守るように動いてくれるので、信頼も厚い。

マリーもまた密かにエルネストを兄のように思っていたので、納得した。

奇しくも、アニキという呼び名は『テラ・ノヴァの聖女』ファンのあいだで使われていたエルネストの愛称と同じだ。

――どこの世界でも、皆思うことは一緒なんだな。

この世界で孤児であるマリーも、兄はおらず、前世の記憶にもない。エルネストを兄と呼んで慕えるような彼らの関係が、うらやましかった。

「マリーもそう呼んでもいいぞ？」

「え、本当に？」

——うわ、ほんとに？　兄さんって呼んでいいの？

マリーは思いもかけない申し出に、目を瞠る。

「さすがにアニキはねえか？」

「いえ、呼ばせてもらえるなら嬉しい。じゃあ……エル兄って呼んでもいい？」

「ああ、マリー。俺としては恋人でもよかったんだが、少し残念だ」

まさか兄と呼べるような存在ができるとは思ってもいなかったので、かなり嬉しい。

少し気を抜くと、勝手ににまにまと笑みが浮かんできてしまう。

そんなマリーの様子を、勇者たちは微笑ましげに見守っている。

——ゲームにはなかったイベントだけど、こんな予想外のイベントだったら大歓迎だよ！

「せっかく和んでいるところを申し訳ないが、敵だ！」

リュカが剣を抜いて駆け出す。

地竜が唸りを上げ、こちらへ向かってくるのが見える。とりあえずは一体だけで、レベルがぐんぐんと上がっている現在の勇者たちにとっては、さほど脅威ではない。

を引き付ける。

「リュカ、待て！」

エルネストは盾を手に、リュカのあとを追う。いつものように盾を構え、地竜の注意

「さぁて、そろそろ僕もいいところを見せないとね」

ユベールがやる気をみなぎらせてルーンを描く。

空中に生まれた氷柱が地竜を貫いた。

ここまでも、威力のある魔法を連発していたはずだが、ユベールに疲れた様子はない。

マリーと同じように、レベルが上がったことで消費魔力が節約できているのだろう。

「十分すぎだよ……」

マリーには皆の頑張りを止める力はない。

「よしっ！」

リュカが鋭さを増した剣を叩き込み、地竜にとどめを刺す。

連携度もかなり上がっていて、これではマリーの出る幕はなさそうだ。

「よし、この調子で行くぞ！」

「もう、待って！」

いい笑顔で先へ進もうとするリュカを、マリーは追った。

第六章　三度目の逢瀬

カプレの街から海沿いの街ダマーズまではあっという間だった。

そしてダマーズから更に北へ進んだ小さな街で、マリーたち一行は宿をとっていた。

その先のエルノーの街まで行けば、魔王城まではあと少し。エルノーから魔王城まではかなり強い魔物が出没するため、ほとんど人が住めない場所になっている。

人がいなければ街もなく、教会もない。教会がなければ、加護を受けたり、旅に必要な物資の補給をすることもできない。つまりエルノーから魔王城まで、一気に侵攻しなければならない。

この調子で進めば、明日にもエルノーの街に到着できるだろう。

リュカたちは危なげなく周囲の敵を倒せている。マリーのレベルも順調に上がり、確実に経験を積んできたので、少しだけ気持ちに余裕が生まれていた。

順調な旅路の一方で、魔王を倒さずに星を救う方法はいまだに見つけられていない。

マリーはレオンを助ける方法を思いつけていないことに焦っていた。このままではメインストーリーのままに、魔王を倒すことになりかねない。

レオンに危機を知らせるために転移するという危険を冒し、彼の信用を得ることまでできたのに、肝心の彼を助ける手段がわからない。

――レオンを助けたいのに、どうしたらいい？

魔王城に近づくにつれ不安は増すばかりで、ここのところマリーはあまりよく眠れていなかった。

神から再び託宣を得られないかとも思ったが、そうそう都合よく神が降臨するはずもなく、話はできていない。

そして今朝、マリーの首にある約束の石は鈍く色を変えていた。

皆が寝静まるのを待ち、マリーは静かに魔王城への転移を果たす。

転移で移動した寝室では、レオンがソファに深く身を預けていた。

「……レオン」

カプレの街にレオンが来て以来、こうして彼の顔を見るのは久しぶりだった。

室内のわずかな明かりでも、血の気のない顔色と、目の下の濃い隈が見て取れた。彼がかなり無理をしたであろうことがうかがえる。

マリーの胸はぎゅっと苦しくなった。

「やっと来たか」

「また、無茶をして……」

「ふ、こうでもせぬと、おまえはここへは来ないであろう？」

「ええ……。でも、今日で最後……かな？」

マリーはゆっくりとソファに近づいた。

「そうだな」

レオンがマリーに向かって手を伸ばす。

マリーはためらうことなくその手を取った。レオンに触れられることが、当たり前になっていることに気づき、マリーはひっそりと自嘲の笑みをこぼした。

強く引き寄せられ、気づけばマリーの身体は彼の腕の中に納まっていた。

「あ、あ、あの、レオン？」

まるで長いあいだ会えなかった恋人同士のような振る舞いに、マリーは戸惑った。

「なんだ？」

レオンがくぐもった声で返事を返す。レオンはマリーのうなじのあたりに顔をうずめ、ふんふんと匂いを嗅いでいた。

恥ずかしいのでやめてほしい。

マリーの頬に血が上る。

彼の腕から逃れようと身をよじるが、しなやかな筋肉のついた腕はびくともしない。

「あの……これじゃあ、癒しにはならないでしょ？」

体液を摂取しなければ癒しを与えることはできない。

こんな風に抱きしめられるのは、嫌ではないけれど、気恥ずかしくて困ってしまう。

「魔力は回復しないが、こうしていると落ち着くのだ」

その言い方では、まるで自分のおかげで精神的に癒されているように聞こえる。

マリーは胸がどきどきしてきた。激しい鼓動がレオンに聞こえてしまうのではないかと思うほどだ。

どんな顔をすればいいのかわからないまま時間が流れ、ようやくレオンが腕を緩めた。

「あ、あの……」

マリーが戸惑っていると、くるりと身体の向きを変えられ、今度は正面から抱きしめられた。

「マリー……」

レオンの手がマリーの後頭部に回り、みるみる顔が近づいてくる。

空色の瞳が大きく映ったかと思うと、口づけられる。同時に、マリーの首元を彩っていた約束の石は全て砕け散り、鎖ごと消え去った。

レオンの舌がいきなり唇を割って、内部へと侵入する。

思わず逃げた舌を追いかけて、レオンが舌を絡めた。激しい口づけに、息が乱れる。

マリーは約束が果たされたことを名残惜しく思う間もなく、その口づけに翻弄されていた。

「……っふ、あ……」

深く絡められたレオンの舌がうごめくと、マリーの意識は霞がかかったようになり、抵抗できなくなる。

レオンが唾液をすする音が閨に響く。

淫らな音がするたびに、マリーはお腹の奥がぎゅっと疼くような感覚に襲われた。

マリーが口づけに意識を奪われているあいだにも、レオンの手は休むことなく動いている。

レオンの手が服の上からマリーの曲線をなぞった。首筋から肩に向かって進んだ指先は、胸の膨らみのあたりをさまよう。

きゅっと立ち上がり服を押し上げている胸の頂には触れることなく、わき腹へ進む。

マリーの疼きは更に増した。

わき腹を撫でられると、くすぐったさとは異なるぞくりとした感覚に、身体が震えた。

「あ……の」

「なんだ？」

問いかけるあいだも、レオンの手がマリーのまろやかな曲線をなぞる。レオンの唇が首筋へと移り、首元に熱い吐息を感じた。

「なんだか、今日の、レオンは、変……」

触れられるたびに、体温が上がっていく気がする。腰が砕けたように身体に力が入らない。マリーは崩れ落ちそうになる身体を叱咤し、レオンの首に縋り付いた。

「そうかもしれぬ……」

レオンは性急な手つきでマリーの服を脱がし始める。

――変なのは私のほうだ……

マリーにはもう、癒すために魔王城へ来るという口実や建前などどうでもよくなっていた。

ただレオンに会いたかった。

ゲームではいち推しで、大好きだった。けれど、今はそんな言葉では言い表せない。

彼のことを考えると、どうしようもなく胸が苦しくなる。

隔てるものなく触れられた身体は熱く燃え上がり、四肢は抵抗する力を失う。触れられる喜びに、細胞のひとつひとつが歓喜する。

けれど同時に、レオンがマリーを抱くのは癒しのためなのだという現実に、悲しみがこみ上げる。

「俺との情事の最中に考え事とは、ずいぶんと見くびられたものだ」

不意にレオンが耳元でささやいた。

その声は低く、機嫌がいいとはとても言えない。

はっと我に返ったマリーは顔を青ざめさせた。彼を怒らせてしまっただろうかと不安が募る。

「あの……ごめんなさい」

「謝る必要はない。考え事ができるほどに、俺の愛撫が下手だったということであろう?」

くっきりと眉間に刻まれたしわに、レオンの機嫌を完全に損ねてしまったとわかる。

「ちが……っ」

口にしかけた否定の言葉は、乱暴な口づけによって遮られた。

「っふ、く、あ……ん」

先ほどまでそっとマリーの肌をなぞっていた手が、荒々しいものに変わる。レオンの膝がマリーの足のあいだに割って入る。

「さて、どこまで耐えられるか、楽しみだな?」

レオンの手がマリーの足に掛かった。

「あ、やっ……」

レオンの手は容赦なくマリーの足を大きく広げた。

ほんのりと湿り気を帯びた下着が、彼の眼前に晒される。ギラリとレオンの目に情欲の炎が灯る。

マリーは恥ずかしさに顔を逸らした。

レオンの長い指が、腰で結んであるリボンをほどいたかと思うと、マリーの下着をするりと取り去った。

レオンは唇を秘所に寄せ、息を吹きかける。

そんなわずかな刺激にさえ、マリーの身体は敏感に反応し、びくびくと震えた。

「っや、み、見ないでっ……」

マリーが懇願(こんがん)する。

顔を逸らしているせいで、その表情はレオンには見えなかったが、赤く染まった耳がなによりも雄弁に羞恥を訴えていた。

「っは。無理な相談だな」

レオンはマリーの願いを笑い飛ばして、しっとりと蜜に濡れる茂みをさらりと撫でた。

「う、あ……」

それだけで、つま先までびりびりと痺れるような感覚が走る。

レオンはマリーの反応に笑みを浮かべ、そっと茂みをかき分ける。広げられた場所から、むわりと甘酸っぱい香りが広がった。

レオンは深く息を吸い込んでその香りを堪能すると、そこに口づけた。

「っや、あ、まっ……て」

「待てと言われても、この状態で待てるわけがなかろう」

「ひゃ、う」

敏感な場所に息がかかっただけで、全身が震えるほどの刺激が走る。

マリーはふるふると首を振って、刺激から逃れようとあがいた。

レオンはマリーの反応に笑みを深めた。わざと見せつけるように大きく舌を動かし、ぺろりと秘所の入り口を舐め上げる。

「んあああっ」

レオンの舌の動きは焦らすようで、決定的な快楽は与えない。果てしなく、ゆっくりと、そして確実にマリーの身体は熱を孕み、高められていく。

　とぷりとこぼれた蜜を、レオンがすする音が閨に響く。

　淫らな水音に耳を犯されるような気分で、マリーはいたたまれなさに身をよじる。

「っや、あ、っも、それ、やだぁ」

　マリーが極まりそうになると、レオンの舌は動きを止め、息が整うのを待つ。何度もそれを繰り返されて、マリーの意識はレオンの愛撫に陥落した。

「れお……ん、おね……がい」

「ふ、なんだ？　どうしてほしいのか、きちんと言葉にしなければわからぬ」

　マリーの懇願に、愉悦に満ちた声が返ってくる。

「いか……せてっ」

「承知した」

　レオンはわずかに膨らんだ花弁を、強く吸った。同時にぬかるみに指をうずめ、内部を擦る。

「っひあ、あ、ん、っふ、ああ」

　マリーの目の前がぱちぱちと弾け、視界が真っ白に染まった。つま先が引きつる。

　あっさりと絶頂に追いやられたマリーは、指先に触れたシーツを強く握りしめて、強すぎる刺激に耐えていた。

大きな波が去ると、くたりと全身から力が抜けていく。

ようやく息が吸えるかと思った瞬間、レオンの埋められた指が動き始めた。

「っひあ、あ、待って、イって……る、イってるからぁ」

達したばかりの敏感な身体は、レオンの愛撫に激しすぎるほどに反応する。

むき出しの神経に触れられたような刺激が、息を継ぐ間もなく襲ってくる。

「だから、いいのだろう？」

「やだ、こわ、こわれちゃう」

脳天を突き抜ける快楽に、涙がぽろぽろとこぼれて止まらない。このままではおかしくなってしまう。そんな恐怖に襲われる。

「壊れればいい。壊れたおまえも、俺を楽しませてくれそうだ」

「っひ、う、ああ、あーっ」

ぐちゅりと内部を強く擦られて、マリーは再び絶頂に押し上げられる。

「そろそろ、俺も、限界だっ」

レオンの指が音を立てて引き抜かれた。

わずかな喪失感を覚える間もなく、熱く滾った楔がそこに埋められた。

「あ、っや、あ……ン！」

一気に推し進められて、目の前に星が飛ぶ。

入れられた衝撃だけで極まったマリーは、ひくひくとレオンの剛直を締め付けた。

「っく、締め付け、すぎだっ」

そっと目を開けると、余裕のないレオンの表情が目に入る。

「しら……ないよぅ」

意識してやっているわけではないマリーには、どうすればいいのかなんてわからない。息つく暇もなく与えられる絶頂に、ただレオンにしがみついている。そのしがみつく手さえ、力が入らず、崩れ落ちてしまいそうになる。

ふうふうと荒い呼吸を繰り返すレオンの首筋から、ぽとりと汗がこぼれ落ちた。

胸元に滴（したた）った汗の刺激にさえ、快楽を感じてしまうマリーはびくりと身体を震わせ、知らず内部をうごめかした。

「だから、締め付けるなと、言うのにっ」

「そんなことっ……、いわれ……ても……。あ、ン」

レオンはぎりりと奥歯を噛みしめると、腰を突き動かした。

マリーはもう、きゅうきゅうと疼く腹の奥の熱をどうにかしてほしいと、それだけし

か考えられない。激しく打ち付けてくるレオンの腰の動きに、ただひたすらに翻弄される。

レオンは腰を動かしながら、マリーの首筋に舌を這わせた。ぞわりと走る快楽に、全身が痙攣する。

「っひ、あ、う、それ、やぁ」

「嫌、ではないだろう？　これほどっ、締め付けてくるの、だから……！」

「ちがっ……あぁ！」

反論は、大きく捏ねるような腰の動きに阻まれる。

「身体は素直、なのに、口はなかなか素直に、ならぬなっ」

「っひあ、もぅ、むりぃ……」

何度も達し、体力を消耗したマリーにはもう、しがみつく力さえ残っていない。

「さあ、受け取るがいい」

欲に赤く染まった瞳が、涙に潤むマリーの目を射抜く。

「っひ、あ、アぁああ！」

背中が弓のようにしなり、びくびくと身体がのたうった。

「っく」

低い呻き声と同時に、熱い奔流がマリーの奥底に叩きつけられる。断続的に熱を注がれ、そのたびにマリーは楔を締め付けた。

「ひ、ぅ、あ、ああ」

それはもう快楽を通り越して、苦痛に近かった。息もできないほどの悦楽に耐えきれず、マリーの意識はふっと飛んだ。

「マリー……、マリー？」

軽く頬をはたかれて、マリーは意識を取り戻す。

目を開くと、心配げなレオンの顔が目の前にあった。

「あ……、私どうした……の？」

叫びすぎた喉はかれ、かすれた声しか出ない。

「気を失っていたようだ。と、言ってもほんの数瞬のことだ。案ずるほどではない」

「そ……う……」

レオンは深く息を吐くと、マリーを抱きしめ頭を撫でた。優しい手つきに、マリーはなんだか泣きたくなってくる。

レオンがマリーの耳朶に舌を這わせる。

耳朶を食まれ、背筋をぞくりと快楽が駆け抜ける。考える余裕をなくしたマリーは思わず本音を口にしていた。

「も、こんなの……やだ」

レオンにとっては、癒しを得ると同時に、肉欲を解消する行為でしかない。癒しの力や身体だけが目当てで行われる行為は、マリーにとってひどく悲しかった。

——私は、都合のいい道具なんかじゃ……ないよ。

ぽろぽろと涙が頬にこぼれる。

髪を撫でていたレオンの手が止まった。

「なにが、嫌なのだ？」

「レオンは……、私が好きだからこんなことをしてるわけじゃなくて……、ただ癒しが欲しいだけ……なんでしょう？」

「俺が癒しのためだけに、おまえを抱いていると思っていたのか？」

愕然とした声に、マリーは思わず彼の顔を見上げる。

「ちがう……の？」

「ふ、馬鹿者め。癒しが欲しいだけならば、おまえを牢に繋ぎ、血でもすすれば済むことだ」

——ちょ、それはさすがにドン引きだよ……

魔物の王に相応しい非道な答えに、マリーはぞっとした。

もし最初の出会いで失敗していたら、彼の言うような処遇が待っていたのかもしれない。けれど、レオンはマリーをそんな風には扱わなかった。マリーは恐る恐る理由を尋ねた。

「じゃあ……どうして？」

「そうさな……。おまえが成そうとしていることを見届けてみたいと思うくらいには、おまえのことを気に入っている」

「なに……それ」

好きだという言葉が欲しいわけではなかったけれど、予想外の答えにマリーは呆然とした。

――気に入っている……って、もしかして、少しは期待してもいいの……？

「単身で我が城へ乗り込むほどの愚か者で、敵に癒しを与えようとするほど情が深い。そのような者はこれまで見たことがない。俺とは違う価値観を持つおまえから、気づけば……目が離せなくなっていた」

珍獣のような扱いではあるが、俺様魔王のレオンにとっては褒めているつもりなのかもしれない。

不服そうでありながらも、マリーについて語るレオンの表情に、マリーは思わず笑った。素直じゃなくて、本当は敵を褒めたくなんてないのだろうけれど、嘘はつかない。すごく偉そうだけれど、まあ、本当に偉いのだから仕方がない。

「レオンって……、やっぱりレオンだね」

「なにが言いたい？」

マリーはふふっと笑った。

「レオンが魔王様だってこと」

「なにを当たり前のことを。もうよい」

レオンはあきれたように鼻を鳴らしたかと思うと、不意にマリーに口づけてきた。

何度も角度を変えて唇を奪われる。あっという間にマリーの息は上がった。

直接的に気持ちを伝えられたわけでもないのに、好きだと言われているようで嬉しくなる。

——私、レオンが好き……

いつの間にかレオンの存在はマリーにとって前世で好きだったキャラクターというだけではなくなっていた。

愛しくて、誰よりも大事で、幸せになってほしい人。

決められたストーリーの通りに、死なせたくなどない。

互いの息が荒くなるまで口づけを繰り返して、ようやくレオンの顔が離れた。

マリーはそっとレオンの首に手を回す。

「レオンはいつもいい匂いがするね……」

「そうか……」

マリーはレオンの額に自分の額をくっつけた。

「ここがどんな場所なのか、わかっていてもつい安心してしまうから、……困る」

「……っ」

唐突に、レオンの胸に強く抱き寄せられる。

顔を上げようとしても、彼の胸に押し付けられて動けない。

マリーは、しばしのあいだ抱きしめられる幸せに浸っていた。

息が整い、乱れた鼓動が治まると、マリーはそっとレオンの腕から抜け出す。

今度はレオンも彼女を引き留めようとはしなかった。

初めて魔王城を訪れた時と同じように、マリーはレオンの手を借りて湯を使い、身支度を整える。

用意された着替えに袖を通すと、もう、マリーがここに居る理由はなくなってしまった。

「そろそろ、帰る……ね」

「ああ」

レオンはうつむいたまま、顔を上げようとしない。

「もう、約束もなくなっちゃったし……」

「そうだな」

夜明けまでに残された時間はそう多くない。リュカたちに抜け出したことを気づかれないよう、今すぐ帰るべきだとわかっている。

「マリー……」

レオンが珍しく言いよどむ。

「なあに？」

「……おまえは、魔物が俺に従う理由はなんだと思う？」

マリーは、彼がなにか大事なことを告げようとしていることに気づく。もしかしたら、レオンを倒さずに済む方法がわかるかもしれない。

マリーは慎重に答えた。

「それは、あなたが魔王だから……ではないということ？」

これまで魔物が魔王に従う理由など考えたこともなかった。ただ、王だから従っているのだろうくらいにしか思っていなかった。

「魔物たちは、俺が自分たちの生きる星を生かすための存在だと、本能的に知っているからだ。そのために俺は生かされているに過ぎない」

レオンから以前聞いた、星を癒せるほどの魔力を持つ者は魔王か勇者しかいない、ということを思い出す。

けれど、それではまるで魔王の存在とは――

「それじゃ、魔物たちを守るために王として存在しているんじゃなくて……生贄みたいなものじゃないの！」

マリーは不意に、頭がずきりと痛むのを感じた。

「生贄か……。その呼び方が正しいのかもしれぬ」

「そんな……」

マリーはどう答えるべきかわからなくなる。

生贄という言葉に、なにかが頭の中でがんがんと音を立てている。痛みがひどくて、考えがまとまらない。

「いざとなれば死んで星を癒す。魔王はそのために存在していると言っても過言ではない。俺と勇者のいずれか……。おまえには耳の痛い話かもしれないが、今代の勇者は大した力を持っているようには思えぬ。ゆえに俺が勇者を殺したとて、星が癒えるという保証はない。となれば、俺が取る方法はひとつしかない」

「そんなの、いや……」

マリーの頬にぽろぽろと涙がこぼれた。

——レオンが、死ななきゃいけない理由なんて、ない。そんなの私は絶対に認めない。

レオンはマリーの涙にぎょっとした顔をして、慌てて彼女を抱きしめた。

「マリー、泣くな」

「レオンが……死んで星を癒せばいいなんて、私は思わない。たとえボロボロになったとしても、生きていてほしいって思うのは、私のわがままなの……？」

レオンの抱きしめる腕に力がこもる。

「俺の死が、神に望まれているとしても？」

「そんなの……、変だよ」

「魔物は皆、本能としてそれを知っている。だから俺には逆らわぬ」

レオンがそっとマリーの髪を撫でた。

「そんなの、おかしいっ！　私はレオンが死なないでいい方法を絶対に見つけるからっ。だから、諦めないでよぉっ」

胸が苦しくて、息ができない。頭ががんがんと痛んで、どうすればいいのかなんて、考えられない。

「誰ひとり傷つかずに済む結果などない。運命に選ばれたのが、たまたま俺だったというだけのこと」

「そんなのっ、私は認めない！」

生贄、運命……そんな言葉が、マリーの頭の中をぐるぐると回る。マリーには、どうすればレオンを死なせずに済むのか、もう少しで思いつきそうな予感がしていた。

――あと少しで、思いつけそうなのに。どうして私の頭はこんなにポンコツなの？

「おまえの癒しが受けられたことは、僥倖だった。次に会う時は、敵として……殺し合うことになるとしても、おまえから受けた恩は……忘れぬ」

「やだ……」

レオンがいなければ、ここまで苦しい思いをしながらレベルを上げてきた意味がない。全ては彼を死の運命から解き放つためだ。

できるなら聖女の役目など放り投げて、逃げ出してしまいたかった。ただゲームの記憶があるだけの自分に、誰かを助ける力があるなんて思えなかった。

それでも、前世で愛したレオンを死なせずに済む結末があるのではと信じて、ここまできた。

それなのに、レオンが助けられないのなら、なんの意味もなくなってしまう。

「さあ、そろそろ戻れ。ここの瘴気はおまえには毒だ」

レオンがマリーを抱きしめていた腕を離し、そっと彼女の身体を押しやった。

マリーは指の色が白く変わるほど、強く杖を握りしめる。

このままレオンと話していてもなにも解決しそうにない。仕方なく、マリーは一度リュカたちのもとへ戻ることを決めた。

「レオン、私っ……、諦めないよ。神が定めた運命だとしても、抗(あらが)ってみせるから」

「ふ。本当におまえは面白い女だ」

苦いものを呑み込んだような表情で、レオンは笑った。

マリーの身体が光に包まれる。

マリーの姿は魔王の寝室から一条の光を残して消えた。

第七章　いざ、魔将と再戦！

「あれが……魔王城」

魔王城を望む小高い丘の上に、マリーたち勇者一行はいた。

教会のある最後の街エルノーで、加護を得る儀式を行い、勇者たちが持つ聖なる武具は最大限まで強化されている。レベルもかなり上がった。たとえまたジェラールの奇襲を受けたとしても、後れをとることはないだろう。

大きな尖塔がいくつも空に向かって伸びる魔王城の威容は、こうして少し離れた場所からでもよくわかる。周囲には城壁が張り巡らされ、更に城壁を囲むように深い森が広がっていた。

魔王城から小さな影が飛び出したのが見えた。その禍々（まがまが）しい気配は一直線に勇者たちを目指していた。

リュカの顔が挑戦的な笑みに彩られる。

「ふふ、ようやくのお出ましだ」

「魔将ジェラール、今度こそ打ち倒す」

エルネストが盾を構え、すでに万全の体勢をとっている。

「僕だって、前回の雪辱を期してここまでやってきたんだ。簡単に負けはしない」

ユベールはいつものののんびりした口調ではなく、少し緊張しているようだ。

そして、マリーもまた杖を握りしめ、準備を整える。やれることは全てやり尽くした。

ボス戦前の最後のイベント、魔将戦だ。

すぐにジェラールはマリーたちの前に姿を現した。

「待たせたなぁ、勇者たち！」

「ふん、盾の投擲（シールドロブ）」

エルネストが加護によって覚えたばかりの技である盾の投擲（シールドロブ）を放ち、ジェラールの注意を引き付けると同時に、攻撃を仕掛ける。

「お、今度は楽しめそうだなぁ」

ジェラールはつやつやとした毛皮を翻し、エルネストの攻撃を避けた。

「逃すか！」

リュカが聖剣を振るい、わずかに体勢を崩したジェラールの足を狙う。

ジェラールは飛び上がってリュカの剣を避け、地面に両手、両足をついて着地した。

ジェラールが獣の膂力（りょりょく）を持っていなければ避けられなかっただろう。

「気を抜くには早いよ！」

着地地点を目掛けて、ユベールのルーン魔法が炸裂する。

「雷撃がダメなら、炎でどうだ、ってね！」

ジェラールの周囲を囲むように火柱が立ち上った。

「ぐあああっ！」

魔法耐性の強いジェラールでも、さすがに炎の柱にはダメージを受けている。だが、ジェラールは炎に身体を焼かれつつも、火柱の中から飛び出した。

「なるほど、前とは手ごたえが違って楽しめそうだ」

ジェラールは飛び出した勢いのままにエルネストとリュカを飛び越え、ユベールに襲いかかる。

「尊（とうと）き御手の守りをここに。脆弱（ぜいじゃく）なる我らに御身の癒（いや）しを与え給え。守りの盾（ガーディアンシールド）！」

ジェラールの爪がユベールにかかる前に、マリーは準備していた守りの盾（ガーディアンシールド）を発動させた。

以前は発動するだけで命がけだったこの魔法も、今のマリーには容易（たやす）く使えるようになっている。しかも詠唱も短くなっていた。

キンッという甲高い音と共に、ジェラールの爪が弾かれる。

「ならば、本気でいかせてもらおうか」

「我らに御手の守りを授け給え。守りの衣（ガーディアンベール）」

ジェラールの台詞（せりふ）に、マリーはすぐさま守りの盾（ガーディアンシールド）を解除する。次いで、魔法攻撃に対して効果を発揮する守護の魔法を発動させた。

このタイミングで、もうひとりの敵将が現れると、マリーは知っていた。そのための手を打つ。

「魔法攻撃が来るわっ！」

「風刃（エアブレイド）！」

マリーが警告を発すると同時に、風の刃がユベールを襲う。風が空気を切り裂く音がふたつ、三つと続けざまに聞こえた。

しかしマリーの聖なる守りに阻まれ、風の刃はユベールに届かない。

「あら？　不意を打ったと思ったのに、防がれてしまったわ。とっても勘がいいのね」

ジェラールの背後に現れたのは、妖艶で肉感的な、深紅のドレスに身を包んだ美女の姿。肌の露出度が高く、美しくすらりとした足が、スカートのスリットからのぞいている。得物は、その身に似つかわしくない武骨な戦棍（メイス）だ。

「邪魔をするな。ヴィヴィアーヌ」

「陛下は別に手を出してもかまわないとおっしゃっていたわよね？」

ジェラールは大げさに肩をすくめた。

「おまえのような嗜虐（しぎゃく）趣味の者が手を出すと、やりすぎるとおっしゃらなかったか？」

「あら、そうだったかもしれないわね」

妖艶に笑うヴィヴィアーヌと呼ばれた女性は、ぺろりと舌を出して唇を舐めた。唇のあいだから尖った牙がのぞく。見かけは妖艶な女性でも、その本性は魔物のものだ。

「魔将……ヴィヴィアーヌ」

マリーがこぼした小さな呟きを拾ったリュカたちが目をむく。

ヴィヴィアーヌは魔法攻撃を多用してくる魔将のひとりだ。魔王城へ到達するまでに、このふたりの魔将を倒さなければならない。ここは勝負所だった。

「別に邪魔をするつもりなんてないわ。思いきり戦いたいのだったら、あなたは勇者を相手にしなさい。私は残りをもらうから」

「かまわんが、やりすぎるなよ。陛下のご命令を忘れるな」

「もちろんよ」

ヴィヴィアーヌはにっこりと笑みを浮かべたかと思うと、マリーに襲いかかる。

マリーは杖でヴィヴィアーヌの戦棍（メイス）による攻撃を受け止めた。彼女の細腕からは想像もつかない強い力に、受け止めたマリーの腕が痺れる。

「ふふっ、ふふっ、楽しいわぁ」

笑いながら次々と繰り出される戦棍（メイス）の攻撃を、マリーはどうにか躱（かわ）し続ける。ヴィヴィアーヌの攻撃は一撃一撃が重く、かするだけでも致命傷になるだろう。

「マリーッ！」

エルネストの声が聞こえたが、それどころではない。

「余所見をしている暇はないぞ」

ジェラールの爪がリュカとエルネストに襲いかかる。ユベールはヴィヴィアーヌの放つ風の刃によって阻まれ、思うように動けない。

「ユベール、どうにかしろっ！」

「わかってるけど、風が邪魔なんだよっ！」

ユベールの火柱は、ヴィヴィアーヌの放つ風刃（エアブレイド）に弾かれ、なかなかジェラールに当たらない。

リュカが戦いに専念するためには、ヴィヴィアーヌを引き離すしかない。マリーは決断した。

「リュカ、エルネスト、ユベール、こっちは私が止める！」

マリーは突如として勇者たちから離れるように走り出す。ヴィヴィアーヌもつられてマリーを追った。

「茨の檻（ソーンジェイル）」

ヴィヴィアーヌの詠唱と同時に、地中から腕ほどの太さのある茨（いばら）が飛び出し、マリーを目掛けて突き刺さそうとする。

マリーは慌てて避けたが、茨は次々と地中から飛び出し、きりがない。鋭い棘がマリーのローブを切り裂き、肌を傷つけ、血を流させる。

「ほうら、まあだまだ」

続けざまに茨がマリーに襲いかかる。いくつかは避けたが、全ては避けきれない。

「あなたの血の匂い、気に入ったわ」

手足の先が少し冷たく感じるのは、貧血のせいだろう。くらりと目がくらんで倒れそうになる。

「癒しを！」

マリーは己の傷ついた手足を癒し、どうにか持ちこたえる。

「なかなか素晴らしい力だわ。これなら長く楽しめそうね」

恍惚とした表情を浮かべるヴィヴィアーヌに、マリーの悪寒が止まらない。この状況を抜け出すには、どうあってもリュカたちの助けが必要だった。

――早く、ジェラールを倒して、こっちに来て！

そして、マリーの願いはすぐに叶えられた。

「待たせたな！」

「エル兄！」

エルネストがマリーのもとへ勢いよく飛び込んでくる。ユベールも続いて走り寄った。

ユベールがヴィヴィアーヌに向けて氷柱を放つ。だが、彼女はひらりとユベールの魔法を避けた。

「盾職なめんな！」

それを予期していたエルネストは、盾に体重を乗せ、そのままヴィヴィアーヌに突撃した。

ユベールはその好機を逃すことなく、今度は鋭い雷を放つ。閃光がヴィヴィアーヌに伸びる。

「キャアアア！」

まともに雷撃を食らったヴィヴィアーヌは、後方へ吹き飛んだ。その顔は苦痛に歪み、美しかった髪は黒くこげ、もはや妖艶さのかけらもない。

ヴィヴィアーヌはよろよろと身体を起こした。

「よくも、よくも！　陛下の命令だからと手加減していれば！　許さないわ。風槌（エアハンマー）よ！」

「我らに御手の守りを授け給え。守りの衣（ガーディアンベール）」

マリーは追加で守りの衣（ガーディアンベール）を発動し、ヴィヴィアーヌの風槌（エアハンマー）からふたりを守る。

「よっしゃ、あとは任せろ！」

エルネストが盾を振り回し、ヴィヴィアーヌを攻撃する。

「もういっちょ！　雷撃、いっけー！」

ユベールが更に雷撃を放つ。これまでで一番威力の強い雷撃がヴィヴィアーヌに命中した。

「きゃあああ！」

甲高い悲鳴と共に、ヴィヴィアーヌが光の粒子となり宙に消えていく。

「よっしゃあ！」

エルネストが喜びの声を上げる。だが、まだ戦いは終わっていない。

「早くリュカのところへ！」

「おう！」

マリーたちは激しくぶつかりあう音が聞こえるほうへ急いだ。

「リュカ！」

ひとりでジェラールの相手を務めていたリュカは、ボロボロになっていた。だが、かろうじて致命傷は負っていない。

「癒しをくれ！」

「はいっ！」

リュカの求めに従って、マリーはすぐさま治癒魔法を発動させた。だが、全快には程遠い。立て続けに魔法を使ったことで、マリーはめまいに襲われた。

「マリー、大丈夫か？」

エルネストがふらついたマリーの身体を支える。

「エル兄、私のことはいいからリュカを助けて！」

エルネストはマリーをそっと地面に座らせた。

「おう、任しとけ！」

エルネストは盾を手に駆け出し、リュカとジェラールのあいだに割り込んだ。エルネストが守りに入ったことで、リュカが攻撃に回れるようになる。

リュカは加護で得た大技を発動させようと、魔力を溜め始めた。

「いっくよー！　アニキ！」

「おう！」

エルネストがユベールの合図でうしろに下がると、今までいた場所に火柱が立ち上る。

「つぐあああ！」

まともに火柱に突っ込んだジェラールが叫んだ。

「くらえ！　聖なる刃（デヴァインブレード）」

リュカが溜めていた魔力を放つ。聖剣の刀身から生まれた光の奔流が、無防備になったジェラールに向かった。

「ぐおおおおお！」

断末魔の叫びを上げ、ジェラールの身体が消えていく。

「申し訳……ございません。陛……下……」

ジェラールの無念そうな呟きだけが残った。

「やったか⁉」

「やっ……た」

「やったぞ、おい！」

リュカたちは互いに魔将を倒したことを確認した。一度は破れた相手だけに、倒せた実感がなかなか湧いてこない。

座り込んでいたマリーのまわりに、皆が集まってきた。

「マリー、ありがとう」

マリーはリュカの差し出した手を取って、ゆっくりと立ち上がった。

「どういたしまして。エルネストとユベールが来てくれて、こちらこそすごく助かった。

リュカがジェラールを引き付けてくれたおかげで、ヴィヴィアーヌも倒せたし……、本当によかった」

マリーはにこりとリュカに微笑む。リュカにはどれほど感謝しても足りない。

「リュカの剣技も、すごかったぞ」

エルネストはばんばんとリュカの肩を叩いた。

「それを言うなら、ユベールの魔法の威力がすごく上がっていて驚いた」

「ふふん。でしょー?」

ユベールは謙遜することなく得意げに胸を張っている。

「あとは……魔王だけだな」

ぽつりとエルネストのこぼした呟きに、マリーは勝利の余韻から一気に現実に引き戻された。

「きっと、今回以上に苦しい戦いになるんだろうな」

リュカが魔王城を睨み付けた。言葉とは裏腹に、リュカには自信に満ちた余裕がある。苦難を乗り越え、ここまでたどり着いたという事実が、彼に勇気を与えているのだろう。

「そうだな……。だけど、俺たちなら、できる! そうだろう?」

エルネストの顔には、やる気がみなぎっていた。

「ああ。この聖剣で魔王を討ち取ってみせる」

リュカは手にした聖剣を空に向かって掲げた。

青く透き通る刀身が、日の光を受けて眩しくきらめく。冴え冴えとした輝きを放つ聖剣は、魔王を討ち取るだけの加護を得ている。

本来のストーリー通りであれば、このあと魔王城で待つ魔王を倒せば、この世界には平穏がもたらされるはずだ。

けれどマリーは原作通りに事を進めるつもりはない。リュカが、エルネストが、そしてユベールが期待する結末を迎えることはないのだ。

――ごめんなさい。

レオンと別れてから考えに考え抜き、マリーはひとつの答えにたどり着いた。

マリーが選んだ方法は、魔王さえ倒せば皆が幸せになる、と信じている仲間を裏切ることになるだろう。そう思うと、胸が苦しくなって、どうしようもなく泣きたくなる。

それでも、レオンを救いたいのだ。

――確かに皆を裏切ることになるのかもしれない。だけど、私にできるのは、これしかないから……。

マリーは闘志を高め合うリュカたちを一歩離れた場所で見つめていた。

魔将ふたりを撃破した勇者一行は、ついに魔王城の前に立っていた。

敵の本拠地といえど、魔将さえ倒せば、魔王以外はさほど強くない魔物ばかりだ。

かなりレベルを上げたおかげで、魔王城を包む瘴気にも耐えられるようになっている。

一行はゆっくりと瘴気の中を進み、大きな両開きの扉の前に立った。

「これが、魔王城……」

隣にいるユベールも、これほど大きな建物は見たことがないと、感心しながら扉を見上げている。

「感心している場合じゃないだろう」

「そうだけどさー」

軽口を叩き合うユベールとエルネストとは対照的に、リュカが珍しく黙り込んでいた。

「リュカ、どうかした？」

「いや……」

リュカは口を開こうとするが、少しためらって口を閉ざした。

いつもの彼らしくない仕草に、マリーは首を傾げる。

「リュカ、なにか言いたいことがあるの？」

リュカはぎゅっと眉根を寄せ、口を開いた。

「ずっと迷っていたんだが、黙っているのは俺の性分じゃないから言う。なにか言いたいことがあるのは、マリーのほうじゃないのか？」

「私？」

いきなりの指摘にマリーは目を瞠った。

「そうだ。君は俺たちに、なにかを隠している。さっきもそうだ。マリーはあそこでヴィヴィアーヌが出てくることを知っていたんじゃないか？」

まさかリュカに気づかれていたとは思わず、マリーは虚をつかれる。

「……」

「それくらい、わかるさ。ずっとマリーを見ていたからな。そんなに不思議なことか？そんな風に思いつめた顔で悩んでいたら、気づきもするさ」

リュカが自嘲のこもった笑みを浮かべた。

マリーとリュカのあいだに漂う不穏な空気に気づいたユベールたちが黙り込む。

「マリー、話してくれ」

リュカの厳しい視線に、たまらずマリーは白状する。

「隠していることが……あるの」

これから自分がしようとしていることを告げれば、皆から裏切り者だと責められるかもしれない。自分の望む未来が自己満足だという自覚はある。だが、マリーにはこの方法以外に、思いつかなかった。

マリーは意を決し、ゆっくりと口を開いた。

「私は、この世界の、いくつかの未来を知っているの」

「はあ?」

ユベールが素っ頓狂な声を上げる。

「それは……神託で?」

リュカの問いにマリーは目を伏せた。

勇者たちが魔王を倒したあと、皆と仲良く平和に過ごすノーマルエンド。魔王を倒すことは変わらないが、勇者パーティの中で最も好感度が高かった攻略相手と結婚するそれぞれのハッピーエンド。もちろん、魔王に敗れるバッドエンドも存在する。

そして魔王と聖女が結ばれながらも、彼が死んでしまうことは変わらないファンディスクでのトゥルーエンド。

いずれもマリーの望む終わり方ではない。

「神託……ではないけれど、似たようなものかもしれない」

リュカたちにはこの世界がゲームと同じ世界だと説明しても、わかってもらえるとはしかない。

思えなかった。だからゲームをプレイして知っていることは、全て夢で見たと押し通すしかない。

夢で神の声を聞ける聖女ならば、夢で未来を見たのだと言っても真実味がある。

「夢を、見たの。物語みたいに、この先の未来に起こる出来事をいくつか。だから、ジェラールとヴィヴィアーヌが襲ってくるだろうっていうことも知っていたの」

「夢……？」

信じられないというリュカの視線に、マリーは悲しくなる。それでも、くじけるわけにはいかない。

「そう。だから、本当は魔王を倒す必要なんてないって、知ってるの」

「はあ⁉」

「なにを言い出すんだ？」

皆一様にぎょっと目をむく。

「魔王が魔物を操って人を襲うだなんて、みんな嘘なの。人間が魔物の住む場所を荒らすから、彼らは自衛してるだけ。そして魔物を統べる魔王は、世界を破壊しようだなんて思ってない」

「そんなことを言われて、はいそうですかって、信じられるかよ？」

　それまで黙っていたエルネストが、声を荒らげる。

「……そうだね。だけどもうちょっとだけ聞いてほしい。私たち人間が魔物と争うことになったのは、魔物が急激に増えたからだよね。だけど、そんなにも魔物が増えたのは、魔王のせいじゃない。魔物を生み出しているのは、この星自身なの」

「この星自身って、どういうことだ？」

　リュカは苛立ってはいたが、マリーの言葉を聞こうとしてくれている。そんな態度に勇気づけられて、マリーは話を続けた。

「私たちが生きているこの星は今、すごく傷ついている。そして、その傷を癒すために魔物を生み出しているの」

「どうして魔物を生み出すことが、星を癒すことになるんだ？」

　怪訝そうに、リュカが尋ねた。

「魔物が増えれば、魔王の力が増す。勇者は魔物を倒して、力を得る。それを繰り返して、最後には魔王と勇者が戦って、倒れたほうの力が星の傷を癒す……。魔王と勇者は、そのための生贄のような存在なんだって」

　リュカが驚きと共に、マリーに詰め寄る。

「そんなの誰から聞いた？　どうしてマリーがそれを知っている？　少なくとも俺はそ

んな話を聞いたことはない」

　リュカの苛立ちはもっともだった。

「魔王レオン、本人に」

「はあ⁉」

「どうやって？」

　皆に詰め寄られ、マリーは慌てる。

「ご、ごめんなさい。ずっと黙ってて……聖女には、特別に与えられた力があるの。一度だけ、願った人のところへ飛んでいける魔法。それを使って私はレオンに会いに行って、それで……」

「なんだよ、それ！」

　温厚なユベールが怒るのは珍しい。

「今言ったことは、全部魔王……レオンに聞いたこと」

「それを、おまえは信じたのかよ！」

　エルネストが叫ぶ。

「それだけじゃない。夢で魔王が言うのと同じ光景を見たの。魔王が死によって、星の傷を癒す未来を」

「だったらそれでいいじゃないか！　それが本当なら、俺たちの敵である魔王が死んで星が救われるのなら、犠牲になってもらえばいい！」

リュカが激昂した。

リュカの意見は勇者として正しいものなのだろう。けれど、マリーには彼の意見に同意することはできなかった。

「だったらリュカは、星を癒すために死んでほしいって言われて、それを受け入れられるの？」

マリーは真摯な目でリュカを見つめた。

「それは……」

「いきなり星のために死んでくれって言われても、誰だってうなずけるはずなんてない。私たちと同じように、レオンだってこの世界を救いたいって思ってる。なのにどうして彼だけが犠牲にならなきゃいけないの？　そんなのおかしい！　私は絶対に……認めない」

「マリー……」

リュカは途方に暮れた表情を浮かべた。

「あのね、リュカ。どうして私たちがここまで何度も教会に立ち寄ってきたと思う？」

「それは、補給を受けたり、装備に加護を頂いたりするためだろう？」

「もちろんそれもあるよ。だけど加護を頂くたびに、私の魔力が高まっていたことに気づかなかった？」

「まさか……マリー！　君は……」

「必要なのは、星を癒せるほどの膨大な量の魔力。勇者や魔王じゃなくても、それに匹敵するほどの魔力を持っているなら、誰だって……」

「それは……」

マリーの緊張は最高潮に達した。この方法ならばきっと、皆が幸せになれるのだ。

「そう。だから私は決めたの。リュカじゃなく、レオンでもなく、私が死んで星を癒そうって」

「はあ？」

「馬鹿なことを言うな！」

リュカがマリーの肩をつかまえて揺さぶった。

「だって、どうやっても無理なんだもの。リュカには死んでほしくない。でも、レオンを死なせたくないの。私が死ぬことで皆が救われるなら……それもいいんじゃないかって！」

「馬鹿な！　どうしてマリーが死ぬ必要なんてあるんだ？　そんなに魔王が大事なのか？」

「……そうよ。自分が死んでもいいくらい、レオンが……好きなの」

「マリー……」

マリーを見下ろすリュカの顔は歪み、今にも泣き出しそうだ。

「ごめんね、誰も傷つかない結末なんて、やっぱり考えつかなかった。さすがに皆に頼むのは気が引けるけど、レオンならきっと、私を殺してくれる」

不意に、強大な禍々(まがまが)しい気配がすぐ近くに出現する。

「……ふざけるな」

地を這うような低い声が聞こえてくる。

「レオン……」

「ま、魔王！」

レオンの目は吊り上がり、怒りで真っ赤に染まっていた。

「ごちゃごちゃと人の家の前で話し出したかと思えば、なにをとち狂ったことを言っている！」

エルネストたちが戦闘態勢をとるが、レオンは歯牙にもかけず、マリーの肩をつかんでいたリュカの手を払い、荒々しくマリーを抱き寄せた。

「マリーを放せ！」

気色ばむリュカをレオンは一顧だにしない。禍々しい気配を放つレオンに、マリー以外の誰もが、地面に縫いとめられたように動けなくなっていた。

かろうじてレオンの威圧に耐え、口をきけたのはリュカだけだった。

マリーがこれほどの気配をレオンから感じたのは久しぶりだ。最初に魔王城に潜入した時以来の殺気に、懐かしささえ感じる。

こうして禍々しい気配を放っていると、やはりレオンは魔王なのだと改めて実感できた。

「なぜ俺がおまえを殺さなければならない？」

「だって、そうすれば星を癒せるでしょう？」

「どうしてそうなる？　勇者を倒せば済む話だ」

「それは嫌。リュカを犠牲にはできない」

「ならば、俺が星に癒しを注ぎ続ける。おまえは俺を癒し続ければいい！」

マリーにはレオンがどうしてそれほど怒っているのか、理解できない。

「だって、次に会う時は殺し合うことになるって言ったのはレオンのほうよ。なら、私を殺せば済む話でしょう？　私には帰る場所もなければ、待っている人もいない。これが一番いい方法だよ。だから、いいの」

「この……、わからず屋め！」

レオンはマリーの後頭部に手を回すと、いきなり口づけた。

——え？　なんで、ナンデ？　どうしてこうなった？

「んン！」

「なっ！」

「マリー！」

レオン以外の全員が驚愕する中、レオンは触れるだけのキスをして、ゆっくりと唇を離した。

「えっと……、どういうこと？」

唐突なレオンの行為に混乱するマリーをよそに、リュカが口を開く。

「おまえはマリーを好きなのか？」

「なぜおまえごときに、教える必要がある？」

しっかりとマリーを抱き込んだまま、レオンはリュカに鋭い視線を送った。

「えっと……今の行為のどこに好きとかいう話になる要素が？」

マリーは混乱していた。

レオンは癒しが欲しかったのかもしれないが、体液を摂取していない。触れるだけのキスでは癒すことはできないのに、どうしてキスをしたのだろうかと、頭の中が疑問で埋め尽くされる。

レオンは大きなため息を吐くと、マリーの肩をしっかりとつかみ、彼女の目をじっと見つめた。

「マリー」

「なに？」

「おまえが、好きだ」

「ふうん。そうですか。って、え？　まって、えぇ？」

「落ち着け」

レオンの腕の中で、マリーはバタバタと慌てふためく。

「むり。まって、え？　本当に？　やっぱり、うそでしょ！」

「嘘などつく必要がどこにある」

「むり、むりむりむりむり……」

マリーはふるふると首を横に振った。これが現実だとは到底思えない。

――ないないナイ。レオンが私のことを好きだなんて、あり得ない！

「それで、返事は？　おまえの気持ちは教えてくれないのか？」

「いや、だって……。信じられない……」

「信じよ。俺はマリーのことが好きだ」

愛おしそうに目を細め、こちらを見つめるレオン。ぶわりと顔に血が集まり、耳まで真っ赤になる。

――え、待って？　ほんとに？　私もう死んでない？　あ、そうか、夢だった？

「まんざらでもないようだ」

「えっと、もちろんレオンのことは好きだけど、そんなつもりじゃ……」

「やはり俺のことが好きだったのだな」

本当に嬉しそうに破顔するレオンに、マリーは言葉を失った。

「っ……！」

「だから、おまえを殺すのは俺には無理だ」

「そんなことを言うのなら、レオンだって死ぬ定めだなんて言わないで！」

「……そうだな。おまえと出会ってから、もう少し粘ってみようかという気になっているのは確かだ。諦めるにはまだ早い、とな」

マリーはレオンと視線を合わせ、笑みを交わした。どうやらレオンは運命に逆らう決意をしたらしい。

「いい加減にしろっ！」

ようやく威圧状態から抜け出したリュカが、レオンに向かって切りかかる。

レオンはマリーを抱きかかえたまま、ひらりと飛んでリュカの攻撃を避けた。

「マリー、そんな奴から離れろ！」

「ふん、勇者風情が大層な口をきく」

「ええと、リュカ？　ちょっと落ち着いたほうがいいのでは？」

いまだにレオンの告白の衝撃から抜け出せていないマリーは、若干混乱していた。

「俺の威圧程度で動けなくなるような者に、マリーを守る資格はない」

「ふざけるな！」

完全に激昂したリュカは、レオンの腕の中にマリーがいることも忘れ、全力で切りかかってきた。

「ちょっと待て！」

リュカと同様に威圧の解けたエルネストが、割って入った。

「エル兄！」

「アニキ、どうして？」

「リュカ、落ち着け。今はまだその時じゃない。それに魔王を倒すとしたって、マリーがいなきゃ俺らに勝ち目はねえ」

「ふむ、少しは話のわかる奴がいるようだ。ならば、場所を変えて話し合うことにでもするか」

「リュカ、お願い……」

「……わかった」

マリーの懇願（こんがん）にようやくリュカが剣を下ろす。

「マリーも一度そいつから離れろ。話し合いをすべきなのは、わかるな？」

「は、はいっ」

ずっと人前で抱き合っていたことにようやく気づいたマリーは、慌ててレオンの腕から抜け出した。

レオンもマリーを引き留めようとはせず、彼女を解放する。

「ついてくるがいい」

レオンが扉に手をかざすと、大きな扉が鈍い音を立てて開いていく。

広間には多くの魔物が集結していた。

この魔物たち全てと戦うことになっていたら、さすがに苦戦を強いられただろう。

「下がれ、勇者と話し合いをする」

殺気立っていた魔物たちは、レオンの一言でその気配を収めた。揃った動作で下がり、行く手をあける。

「こちらだ」

多くの魔物たちが見守る中、リュカたちはレオンのあとに続いて、黙々と進んだ。

長い廊下を抜け、階段を上り、応接室のような部屋に案内される。

レオンが奥のひとり用のソファに腰を下ろした。マリーはテーブルを挟んで向かいに設えられた大きなソファに腰かける。

リュカ、エルネスト、ユベールは立ったままでいようとする。

「ここまで来たら、敵襲を警戒しても仕方がないと思うけれど？　敵陣のど真ん中なのだし、一番の強敵は、ここにいるレオンだし……」

開き直ったマリーの言葉に、エルネストがあきれた顔で隣に腰を下ろした。

「リュカ、ユベールも座れ。話し合いをするんだろう？」

「わかった」

「アニキが言うなら……」

　ふたりともしぶしぶ腰を下ろしたところで、エルネストが口を開いた。

「魔王に話を任せていたら、おそらく話が進まねえ。ここは俺が主導権を握らせてもらうぜ？」

「かまわん」

「エル兄なら、任せられると思う」

「俺もアニキならいい」

　ユベールが黙ってうなずき、全員の同意を得たところで、エルネストが状況を整理する。

「俺たちは教皇猊下の命を受け、魔王を倒しに来た。だから、魔王を倒さないという選択肢は本来ならばない」

「そうだな」

「だけど、マリーはその必要はないって言うんだな？」

「そう……。魔物が多すぎるから争いになるでしょう？　星を癒すことさえできれば、魔王を倒す必要なんてないと思うの」

「俺はこれまでずっと、星に癒しの魔力を注いできた。だが、俺ひとりの魔力では到底足りない。底のない鍋に水を注ぐようなものだ。新たな魔物が生まれるのを、多少減らせはしたようだが」

「なるほど、本当に魔王は、傷ついた星が原因で魔物が生まれているというんだな？」

「嘘をついても仕方がなかろう。俺は別に人と争いたいわけではない」

「魔王としては魔物を増やしたいわけではないと？」

「そうだ。俺にどうこうできることではない。増えた魔物が自衛のために人を襲うのは、仕方のないこととは、思うがな」

「アニキは魔王の言うことを信じるの？」

「とりあえず、嘘は言ってねえと思う」

「それで、俺たちが殺し合う以外に星を癒す方法にあてはあるのか？」

「問題はそこなのよね……」

「……ひとりで癒そうと思うから無理なんじゃないのー？」

それまでずっと黙って話し合いを見守っていたユベールが口を開いた。

「それってどういう？」

「ひとりでダメなら、皆で癒せばいいんじゃないかなー？」

「皆？」

「そう。勇者であるリュカと聖女であるマリー、そして魔王が全員で癒せばいいんじゃない？」

「ユベール、おまえ賢いな！」

「ふふ。諦めの悪さには定評のある僕だよ。とりあえずやってみるしかないよねー」

「なるほど、一理ある」

レオンがユベールの意見にうなずいた。

――それが、本当にできるなら、誰ひとり傷つかずに済む……。本当にそんなことができるの？

マリーの胸に希望が芽生える。

「星を癒すことで、これ以上魔物と戦わずに済むならば俺としてはそれでもいい気はしている。だけど、星が傷ついていると言われても、目に見えるものじゃないし実感が湧かないな……」

エルネストは腕を組み、考え込む。

「ん？　星の傷は見えるが？」

怪訝そうな表情を浮かべるレオンに、皆の視線が集まった。

「星の傷はこの城の地下にある。俺はいつも地下に下りて魔力を注いでいる」

「そうだったの……」

マリーは、レオンの言う星の傷を見たことがない。傷というのはてっきり比喩表現だと思っていた。

「なんなら、今から見てみるか？」

「そうだな。論より証拠というからな」

　そうして、マリーたちは魔王城の地下へと移動することになった。


「なんだ、これ？」

「確かに傷っちゃあ、傷……だな」

　マリーたちの前にあるのは、巨大なクレーターだった。直径百メートルほどはある。

「魔王城の地下にこんなものがあったなんて……」

「俺はいつもあの中心部に魔力を注いでいる」

　レオンのあとに続いて、中心部まで移動する。中央部分はほんのりと盛り上がっていて、そこには底の見えない十メートルほどの亀裂が生じていた。亀裂からはシュウシュウと瘴気が生まれている。

「ここに魔力を注ぐ。ずっと魔力を注いできたおかげで、これでも最初の半分くらいの大きさになったのだ」

「半分……」

先の長そうな話に、マリーは気が遠くなったが、とりあえず魔力を注いでみることにする。

「じゃあ、やってみるね」

「あまり注ぎすぎると消耗する。無理だと感じたらすぐにやめろ」

「はい」

レオンの助言を胸に留め、マリーは穴の縁に立った。

「天にまします、聖なる父よ。御身の癒しの力をこの傷つきし星に与え給え。癒しを！」

いつものように誰かひとりを癒すのではなく、この星を癒さなければならない。マリーは握った杖に、全力で魔力を注ぎ込んだ。

杖の先にはいつもよりかなり大きな白い光が発生した。優しい癒しの光が、亀裂に向かって降り注ぐ。どくりと亀裂がうごめき、マリーたちの立っていた場所が揺れた。

マリーはよろめいてしゃがみ込んだ。レオンがすかさず彼女のそばに飛んできて支える。

「レオン、ありがとう」

「かまわん。だが、気を付けろ」

「はい。えーと、少しは効果があったのかしら？」

「亀裂が小さくなったような気がするな。あと瘴気も減ったような」

エルネストが、亀裂をのぞきながら言う。

マリーの目にもわずかではあるが、亀裂が小さくなったように見えた。

――うーん。ちょっとは効果があるみたいだけど、これはかなり時間がかかるかもしれない。

「うん。マリーが立ってた場所に傷があったはずだから、確かに小さくなってるねー」

「魔王の言っていることは、真実ってことか……」

リュカが亀裂を眺めながら呟く。

「別におまえたちが納得しようが、どうでもいい」

「レオン……」

「俺はこの場で勇者を殺し、その力を星に注いでしまってもいいのだ。マリーが嫌だと言うから、我慢しているにすぎぬ。そのことを忘れるな」

レオンは冷たい目でリュカを見つめる。

「そんなの、我慢してるのはこっちだって一緒だ。俺たちが魔王を倒せば世界は平和になるんだ」

「ふん。マリーの力を借りなければろくに戦えぬ勇者など、話にもならぬわ」

レオンとリュカのあいだに険悪な空気が流れる。

——どうしてこんなにふたりは仲が悪いんだろう。勇者と魔王だから？

「リュカ、落ち着け。あと、あんたもあんまり挑発するんじゃねぇ」

エルネストがふたりのあいだに入ったことで、どうにか一触即発の危機は回避される。

「全く、本当におたくら、相性が悪いな」

ぼやくエルネストをユベールが宥める。

「あー、アニキ。たぶん魔王はリュカに嫉妬してるんだよ。どうしようもないねー」

「嫉妬？」

「そう。リュカはマリーのことが好きだからねー。マリーは気づいてなかったかもしれないけど」

「は？」

思いもかけない暴露に、マリーは完全に処理落ちした。

——え、ちょっと待って？　リュカが、私を、好き？　だって好感度を上げないように冷たい態度を取ったこともあるし、そもそも喪女だよ。私だよ？　ええ？　嘘でしょ？

レオンの顔を見ると、苦虫を噛みつぶしたような表情をしている。

暴露されたリュカは、顔を真っ赤にしてユベールに食ってかかった。

「ユベール、おまえ、覚えてろよ?」

「だって、リュカは失恋確定じゃないかー。下手に黙っているよりここで正直にばらして、さっさと気持ちに整理をつけたほうが、後々のためじゃないかと思ってー」

「馬鹿野郎っ！　俺の気持ちも少しは考えてくれたっていいだろう！」

確かに片思い相手に好きな人がいて、更に目の前で想いを通わせる姿を突きつけられたとしたら、平静ではいられないだろう。

「あの、リュカ、その……」

謝るべきなのだろうが、好きだと告げられたわけでもないのに謝るのもなにかおかしい気がして、マリーは言いよどむ。

「なにも言うな」

苦しさを押し殺したようなリュカの言葉に、マリーは口をつぐんだ。

「今はそんな話をしている場合でもない。全部後回しにしろ。リュカ、おまえも魔力を注いでみてくれねぇか?」

「……わかった。やってみる。だが、俺に魔法は使えない。どうしたものか……」

真剣な表情になったリュカがぼやく。

「うーん、傷口を切り付けるわけにもいかないかー」

「俺も魔法は使えないから、助言のしようがねえなぁ」

「うーん」

悩む勇者たちを見かねて、レオンが口を開く。

「魔力が傷口に当たればいい。おまえがジェラールを倒した時の技を使えばよい」

わずかに顔をしかめたレオンに、マリーは彼がジェラールの最期を見ていたことに気づく。

「聖なる刃（デヴァインブレード）か？」

「名前はどうでもよい。魔力を注ぐ技なのだろう？」

「ああ、そうだ。確かにあれならいけるかもしれない。少し下がってくれ」

リュカは深く息を吸って、聖剣を目の前に掲げた。意識を集中させ、剣に魔力を注ぎ込んでいく。魔力を帯びるにしたがって、刀身が青い輝きを放ち始める。

「はあーっ！　聖なる刃（デヴァインブレード）！」

リュカが剣を振り上げ、亀裂に向かって勢いよく振り抜いた。聖なる魔力を帯びた光が唸りを上げ、宙を割いて亀裂にぶつかる。

びりびりと衝撃が少し下がった場所にいたマリーにまで届く。

一同は巻き起こった砂埃が収まるのを待って、亀裂に近づいた。

「あー、確かにまたちっちゃくなったかも」

ユベールの言葉に、皆うなずいた。

「これなら、何度か休憩しながらやれば傷が塞がるかもしれねえな」

この方法ならば、レオンもリュカも、そして自分も死ぬことなく魔物と人の争いを終わらせることができるかもしれない。マリーの知っていたいずれの結末でもない方法で。

マリーの胸に期待が生まれた。

しかし――

「こういうことをされると、困るのだがな」

その時、この場所にいるはずのない第三者の声が響いた。

「誰だ！」

全員が一斉に戦闘態勢をとる。

そこに現れたのは、おおよそこの場に似つかわしくない、細身の青年だった。

青年はニコリと笑って、芝居がかった仕草で両手を広げる。

「いささか礼を失しているのではないか？　神に向かって」

「は？」

「神だと？」

「どういうこと?」

マリー以外の全員が、信じられないと目を瞠る。マリーだけは対照的に黙り込んでいた。

「マリーにはわかるはずだ。夢の中で何度も会っているであろう?」

神と名乗った青年はゆっくりとマリーに歩み寄る。

マリーは聞き覚えのあるその声に、思わず口を開いた。

「神……様」

「動くな」

青年が宣言すると同時に、マリー以外の誰もその場から動くことができなくなる。どれほど力を込めても、身動きひとつできない。かろうじて口だけはきくことができた。

「なっ……」

「くそっ。動けねぇ」

神はマリーの前に立った。

「マリー、我は言ったはずだ。魔王を倒せ、と」

「申し訳……ございません」

マリーは神の命令を裏切ったことに、ただ頭を下げるしかできなかった。

神はうつむいたマリーの顎を捕らえ、顔を上げさせる。

「我の愛する聖女は、魔王に心を奪われてしまったのか」

「それは……」

マリーは答えられず、目を伏せた。

──えー？　ちょっと待って、神様って攻略対象じゃなかったよね？　なんでそんなこと言うの？　第一、畏れ多すぎるでしょ？

「ですが……、この星を癒せるのであれば、神様の御心に適うのではありませんか？」

「我は魔王を倒せと言ったのだが？」

彼女を見下ろす神の目は、冷たく光っていた。

──そんなこと言われても……

マリーはレオンを殺さずに済むように、ここまで頑張ってきた。もう少しで星を癒すことができるかもしれないという時になって、神がわざわざマリーたちの前に降臨した理由がわからない。

だが、いくら神の言葉であっても、これだけはうなずけない。

「言い訳のしようもございません。ですが、私には……レオンを殺すことはできません」

「ふむ……。ならば勇者よ。おまえはどうだ？」

マリーに興味を失ったのか、神はマリーの顎から手を離し、今度はリュカの前に移動した。

神が手をかざすと、リュカの身体が自由になる。

急に自由を取り戻したリュカは、がくりと地面に膝をついた。

「神……様？」

リュカは膝をついたまま、神を見上げた。

「いかにも」

「俺を勇者に選んでくださったのは、神様ですよね？」

「そうだ。我が選んだ勇者よ。おまえにも、魔王は倒せぬのか？」

リュカは辛そうに眉間にしわを寄せる。

「マリーに魔王を倒す意思がない以上、私には……できません」

「そうか……、とても残念だ」

神は大して残念そうでもなく芝居がかった動作で首を振ると、リュカに対しても興味を失ったようだった。次に神が移動したのは、レオンの前だ。

「魔王よ、おまえはどうだ？」

今度は自由を与えないまま、神はレオンに問いかける。

「勇者を殺せと命じれば、おまえは従うのか？」

「マリーがそれを望まぬ以上、その命令には従えぬ」

レオンは迷う素振りも見せず、あっさりと言い放った。

「おまえもか……」

神はあきれた表情でため息をこぼす。

「誰も彼も、我の言うことを聞く気がないとは……。非常に嘆かわしい」

「……貴様の纏うその魔力。俺が注いだ星を癒す魔力を横取りしていたのは貴様だな？

ふん、神が聞いてあきれるわ。道理でどれほど俺が魔力を注ごうと星が癒えぬわけだ。

しかも俺の魔力だけでは飽き足らず、命までもを望むか！」

「いかにも……気づいていたとはな」

神はゆっくりとうなずいた。

「それはどういう意味だ？」

リュカは鋭い目つきで神を睨んだ。

「本当にわからぬのか、わからぬふりをしているのか……。つまりは誰でもよいという
ことだ。聖女でも、勇者でも、魔王でもよい。死んでその魔力を我によこせ」

「ふ、ふざけるな！」

リュカが神に対して怒鳴った。

「ふざけてなどおらぬ」

神はにやりと笑う。

「さあ、我に命を捧げるのは誰だ？」

マリーはレオンを見つめた。レオンもまたマリーを見つめた。そしてリュカは一心にマリーを見つめている。

――レオンの命を差し出せるわけないじゃない。リュカだって一緒。なら……

マリーはぎゅっと拳を握りしめ、神の前に進み出た。そしてひざまずく。

「私が……命を捧げましょう。それで彼らの命が助かると、約束いただけるならば」

「マリー！」

「ダメだよ！」

エルネストとユベールはまだ動けない。口々にマリーに思いとどまるよう、叫んだ。

「やめろ、マリー！」

レオンが怒りに歯を食いしばる。

「聖女か……。よかろう」

レオンの前にいた神がマリーに歩み寄る。そしてその前に立つと、膝をつきうつむく彼女の首に手を伸ばす。

「させるか！」

伸ばした神の手を、リュカの剣が遮った。

「どういうつもりだ？」

神は手を引っ込めると、不快そうに眉をひそめる。

「マリーは殺させない」

「本人は納得しているようだが？」

「そんなこと……認めない」

神と対峙するリュカの足は震えていた。それでもマリーを背に庇い、退こうとはしない。

「俺も、認めぬ！」

神の力によって自由を奪われていたはずのレオンは、強い意志の力で自由を取り戻すと、マリーと神のあいだに立ち塞がった。

「レオン……！」

――神様に敵うはずない！　それでも……！

マリーは制止したかったが、自分のことを思って行動してくれたレオンの気持ちを考えると、それ以上は言葉にできず、ただその背中を見つめることしかできない。

「マリーの命を奪うなど、神が認めようとも俺が認めぬ！」

レオンは魔力で生み出した剣を神に向ける。

「やっちまえ！」

「そうだ、神でもなんでも、やっちゃえ！」

動けないエルネストとユベールが、リュカとレオンを応援する。

「なるほど……。我に逆らうというのか！　面白い！」

神は眦を吊り上げると、レオンとリュカに向けて魔力の塊を放った。

「ぐうっ！」

「はっ！」

リュカはまともに神からの攻撃を受け、ごろごろと地面を転がる。

レオンは剣で受け止めたが、とても無傷とは言えなかった。身を包むローブはあちこちが裂け、口の端が切れ、血が滲んでいる。

――ああっ、もうっ。どうにでもなれっ！

マリーは自棄になりながらリュカとレオンに向けて、癒しの魔法を放った。

「癒しを！」

すぐに起き上がったリュカが、レオンと並んで神に対峙する。

こうなってしまっては、自分たち全員で神に抗うしかない。そう決意したレオンとリュカは互いの顔を見合わせた。

「気は進まないが、ここは協力すべきだと思うが？」

「意見が一致するとは奇遇だな」

レオンとリュカは同時に地面を蹴って、神に襲いかかった。

「っは、っせい！」

リュカが間合いを詰め、神に切りかかる。

「闇の波動（ダークオーラ）！」

リュカの攻撃の合間に、レオンが背後から攻撃魔法を放つ。

初めて共に戦ったとは思えないほど、ふたりの息はぴったりと合っていた。

「回復（キュア）！」

マリーが回復魔法を唱えると、エルネストとユベールの硬直（こうちょく）が解ける。

「よっしゃあ！」

「ガンガンいっくよー！」

エルネストとユベールが戦列に加わった。

「我らに御手の守りを授け給え。守りの衣（ガーディアンベール）」

マリーが防御魔法を発動させる。

「その力は我のものだ。効き目があるとでも？」

神はにやりと笑って、エルネストに魔力の塊をぶつけた。

「ぐあっ！」

吹き飛びはしなかったが、エルネストは盾を構えたまま膝をつく。

「そんな……」

癒しの魔法はともかく、防御魔法が効かないのはマリーにとって大誤算だった。だが、悔やんでいる暇などない。マリーは防御魔法を諦め、回復魔法に切り替えて対応する。

「心に癒しを！」

レオンとユベールの魔力を回復させる。

「聖なる刃！」

リュカが大技を叩き込む。

「効かぬと言っている！」

けれどリュカが放った聖なる刃は、神の前に霧散してしまった。

リュカの剣技も通用しないことを見て取ったレオンが、すかさず闇の力を纏った剣で攻撃する。

「闇の力も聖なる力も、どちらも私のものだ。効かぬ」

「魔力ならともかく、物理攻撃は効くはずだ！　闇の刃！」

レオンの攻撃はわずかに神の纏う衣を切り裂いた。

「……ちっ」

舌打ちした神の様子に、レオンは確信する。

「聖と闇の属性を持った魔力の攻撃は効かない。物理攻撃を中心に切り替えろ！」

「わかった！」

レオンの指示にリュカが従う。

エルネストが守り、レオンとリュカが剣での攻撃を仕掛ける。ユベールの炎と氷、それから雷魔法も効果はあった。それでも、守りの魔法が使えないために、皆の消耗が激しい。

マリーは癒しの魔法を何度も放った。

じりじりと、少しずつではあるが神にダメージを与えることはできている。だが、このままでは明らかに、こちらの力が尽きるほうが早い。マリーの胸は焦燥にじりじりと焼けるようだった。

「エル兄！」

エルネストが神の攻撃によって吹き飛ばされる。

「癒しを！」

なんとか回復魔法をかけることはできたが、目の前がくらりと明滅した。魔力切れが近い。

「すまん」

エルネストはどうにか身体を起こしたものの、動けない。

「ぐあっ」

今度はリュカとユベールが吹き飛ばされる。

「癒しを！」

今度はめまい程度では済まなかった。マリーは手にした杖に寄りかかったまま、ずるずると膝をつく。

「マリー、大丈夫か！」

「いいから、攻撃を！」

指の先が冷たい。魔力切れの症状だ。

「って言っても、僕も魔力切れだ」

ユベールの顔色もまた白く、息も荒い。

ひとりで神と対峙するレオンを見やると、苦しげに肩で息をしている。あちこちに傷を受け、血が滴り落ちている。

「レオン……」

レオンに向けて、マリーは地面にうずくまったまま治癒魔法をかけた。

「癒し（ヒール）を！」

「馬鹿者！」

レオンがマリーを叱り付けると同時に、神からの攻撃がレオンを襲う。

「ふ、これで最後だ」

勝利を確信した神の愉悦に満ちた表情に、マリーは自分たちの最期を予感した。

神の両手に、目もくらむほどの眩（まばゆ）い光が収束していく。

——このままじゃ、皆死んじゃう！　そんなの、ダメ。だったら、どうすればいい？

神の裁きの光を防ぐなんて、無理。だとしたら……

マリーはこの状況を唯一打破できそうな方法を思いつく。

最後の力を振り絞り、杖を掲げた。

「我らは父なる神に感謝を捧げる者。慈愛の光明を一身に受ける者。我が心がその尊（とうと）き御心に適うならば……」

「マリー、やめろ！」

エルネストが叫んだ。

「それは、だめだ！」

ユベールもまた悲愴な表情で叫ぶ。

「マリー、なにを？」

「マリーは究極の神聖魔法『聖なる盾（ホーリーシールド）』を発動させようとしてるんだ。魔王、やめさせて！」

「しかし……！」

「術者の全ての魔力と引き換えじゃなきゃ、聖なる盾（ホーリーシールド）は発動しない！　これじゃ、助かったとしても、マリーは！」

「全ての魔力……、そうか！」

ようやくユベールの言わんとするところを、レオンは理解した。全ての魔力と引き換えの魔法など、今のマリーでは発動したが最後、魔力切れどころか、生命の維持に必要な最低限の魔力さえなくなる可能性さえある。

「それは我の力だと教えたはずだ。我の前には無力だが、まあよい。死なねばわからぬのであれば、死して我の力となるがよい！」

神は両手に更に光を溜めると、手を振り上げる。

レオンはマリーの詠唱を止めようと手を伸ばした。

「マリー、やめよ！」

――レオン、ごめんなさい。だけど、ここでやめたら、あなたを守れない。

マリーの詠唱はほとんど終わりに近づいていた。

「我の力の全てを引き換えに、脆弱なる我らに御身の輝かしき盾を与え給え。何者からも皆を守り抜く、聖なる盾を！」

マリーの全ての魔力と引き換えに聖なる盾が発動する。

マリーは身体中から力が抜けていくのを感じた。

「これで終わりだ……裁きの光！」

神の振り上げた両手から、眩い光が降り注ぐ。

――まだ倒れるわけにはいかないの……！

「マリー！」

視界の全てが真っ白に染まる。

「っ……、く」

マリーが完成させた聖なる盾は、神の放った裁きの光を完全に受け止めた。

「っぐ、待て、それは！」

神の焦った声が聞こえた。だが、真っ白な光に包まれてなにも見えない。

「っがあああ！」

マリーの盾は裁きの光を受け止めるどころか、その光を全て跳ね返していた。

自ら放った裁きの光をまともに食らった神は、その勢いのまま派手に後方に吹き飛ばされた。

神は地面の上をゴロゴロと転がり、かなり遠くのほうでようやく止まる。倒れ伏したまま、神が起き上がってくる気配は、ない。

マリーが見届けることができたのは、そこまでだった。全ての魔力を使い果たしたマリーは、もはや座っていることさえできなかった。手にしていた杖と共にふらりと地面に倒れ込む。

「マリー！」

真っ先にレオンがマリーに駆け寄った。すぐさま地面に倒れ伏した身体を抱き寄せる。

「マリー！　マリー！　目を開けよ！」

「れ……おん……」

霞（かす）む視界に、どうにか彼の顔を映すことができた。

彼の瞳は赤く染まっている。

「私、レオンのこと……守……れた？」

息が苦しくて、途切れ途切れにしか言葉を発することができない。

マリーには、自分の命が尽きようとしていることがわかっていた。今しか話せる機会はない。

「マリー……！　ああ、守ったとも。勇者たちも、皆、無事だ」

レオンが強くマリーの身体を抱きしめる。

レオンに抱きしめられていると、背後からリュカ、エルネスト、ユベールたちが顔をのぞかせた。ボロボロであったが皆、マリーよりもよほど元気な様子だった。

「マリー、俺は無事だ」

「俺も」

「僕も大丈夫。マリーのおかげだよぉ」

リュカ、エルネスト、ユベールが口々に無事を伝えてくる。

「ああ、よかった。これで誰も……死ななくて済むね……」

前世からの悲願であったレオンの救済を成し遂げることができたのだ。それだけで、この世界に再び生を得た甲斐があったと思えた。

もう、思い残すことはなかった。ただひとつ気がかりなのは、レオンのことだけだった。

「れおん……」

「ダメだ。許さぬ」

「……すき……だったよ」

「ダメだ。ずっと俺のそばにいろ。離れることなど許さぬ」

マリーを抱きしめるレオンの腕は、震えていた。

「ごめん……ね」

「許さぬ」

レオンは歯を食いしばりながら、低い声で絞り出すようにマリーの言葉を拒絶する。

痛いほどに強く抱きしめられながら、マリーは幸せを感じていた。

――推しの腕の中で死ねるなんて、幸せすぎだね。

マリーはそっと目を閉じた。

「マリー！」

「マリーッ！」

「ダメだ、マリー……ッ」

皆が口々にマリーの名前を呼んだ。

「私の資源(リソース)を横取りしているのが、いったい誰かと思って来てみれば、やはりあなたでしたか。ディオン」

重苦しい空気の中、場違いな軽い声が響いた。

その場の全員がマリーに気を取られ、新たな登場人物の気配に気づいていなかった。

とっさに神が転がっているあたりに目をやったリュカは、自分の目を疑った。

「神が……ふたり？」

新たに現れたのは、神にそっくりな姿をした青年だった。わずかに違うのは髪の色くらいで、ほとんど見分けがつかない。

「あ、どうも。神です」

神とは思えないほどの低姿勢に、皆は一様に虚をつかれた。

「神……」

リュカが呆然と呟く。

「じゃあ、あれは？」

エルネストが地面に転がる神を指す。

「あれは……恥ずかしながら私の愚兄です。神といえば神ですが、あなたたちの思っている神とは少し違うでしょうね……。それよりも、私の聖女が少々危険な状態のようだ」

神はすたすたと歩き出した。

リュカ、ユベール、エルネストはよろよろと下がり、神の前に道をあけた。

神はレオンに近づくと、その手をレオンが抱えたままのマリーの額にかざした。神の手から放たれた白い癒しの光がマリーを包み込んだかと思うと、身体に吸い込まれていく。

マリーは不意に全身が温もりに包まれたような感覚に、意識を浮上させた。

――んー？　なんだか、すごく気持ちいい。お母さんのお腹の中ってこんな感じだったのかなぁ？　死ぬのってこんなに気持ちいいものなの……？　って、あれ、まさか私、生きてる？

冷たかった全身にぽかぽかと血が巡り、苦しさが嘘のように引いていく。マリーはなにが起きたのか理解できないまま、そっと目を開けた。

最初に泣きそうな顔をしたレオンが目に入り、そのうしろに困り顔の神の姿が見えた。

「あの……、神様？」

「はい、久しぶりですね。マリー」

「えっと……？」

――どういうこと？　さっきまで私たち、神様と戦ってたよね？　でも、こっちの優しそうな神様も神様で、あれ？　あれ？

混乱するマリーの様子に、神は堪えきれずにふっと噴き出した。

「そうですね、私だけでは説明が難しいので、あれにも起きてもらいましょうか」

神は倒れている神に近づくと、手を掲げて癒しの光を与えた。

それはマリーに与えたものよりは、かなり小さかった。けれどそれで十分であったらしく、倒れていた神は意識を取り戻したようだった。

「つぐ、あ……、なんだ?」

よろよろと身体を起こした神は、信じられないという風に、目を見開いた。

「マティアス、どうしてここに……?」

「ディオン、いくらなんでも今回はやりすぎですね。私の聖女があなたを弱らせてくれたおかげで、ようやくあなたが作った檻から抜け出すことができました」

ディオンと呼ばれた神は、あからさまにぎくりと身体を強張らせた。

「そうして愛し子の傷ついた気配に慌てて来てみれば、この状態です。どういうつもりで、私の愛し子らに手を出しているのですか、ディオン?」

「どうもこうもない。この星がおまえのものだというのならば、双子神である我のものであるも同然であろう。横取りではない」

焦るディオンに対して、マティアスと呼ばれた神そっくりな青年は落ち着き払っていた。

「それを屁理屈というのですよ。とにかく、あなたが奪った資源は返してもらいます」

「ぐあああああっ！」

マティアスがディオンを軽く小突くと、ディオンが痛みに呻き、地面に倒れ込む。

あれほどマリーたちが苦労しても敵わなかったディオンが、たった一撃で地面に沈んでいる。

マリーたちは目の前の光景が信じられず、呆然と神たちの行動を見守ることしかできなかった。

「ついでに、あなたたちには癒しを」

マティアスが手をひらりとかざすと、マリー以外の全員の傷もたちまち癒えていく。

「ええと、どういうことだ？」

誰も状況が理解できていない。エルネストの疑問は皆の心の声だった。

「自己紹介がまだでしたね。この星の管理者――つまり神を務めているマティアスです。こちらは愚兄のディオン。管理者とはなれなかった者です」

――えぇー？　神様ってもうひとりいたのー⁉　そんなの全然ゲーム設定になかったんですけど？　あっ、やっぱり初対面なら挨拶しないと失礼だよね。

マリーは社会人としての基本である挨拶をすべきか迷い、マティアスに向かって頭を下げた。

「聖女を務めております。マリー＝アンジュと申します」

「ああ、マリー。今日は他人行儀ですね。どうしました？　いつも夢の中で会っているでしょうに」

「夢でお会いした……？」

——えっと、初めてじゃないって。もしかして、今まで夢で会ってたのはマティアス様のほうってこと？

「そうですよ。先日はこちらの愚兄が勝手にあなたの夢にお邪魔したようですが、迷惑をかけたのではありませんか？」

マリーの心の声など、全て神には筒抜けのようだった。

「ええと、はい……。その、とんでもございません」

正直にとても迷惑を被ったとは言いづらく、マリーは言葉を濁した。

「ふふ」

マティアスは意味深な笑みを浮かべている。

どうやら夢の中でマリーに魔王討伐を命じたのはディオンのほうで、これまでずっとマリーが夢で会っていた神は、マティアスのほうだったらしい。

同じ神とはいえ、ディオンとマティアスでは纏う気配が全く違っていた。

――なんで私、気づかなかったの―？

「とても頑張ったのですね。魔力も成長しているようですし、喜ばしいことです」

「ありがとう、ございます」

マリーは複雑な心境で、とりあえず礼を述べた。

次にリュカがマティアスの前に進み出て、頭を下げた。

「私は勇者を務めさせていただいております。リュカと申します」

「あなたは愚兄が勇者として選んだ者。私が選んだわけではありませんが、その素質は十分にあるようですね。私もあなたを勇者として認めましょう。これからも勇者の名に恥じぬよう精進なさい」

「……はい。神に誓って」

リュカはマティアスに向かって更に深く頭を下げた。

今度はレオンがマティアスに向かい合う。

「私は魔王レオンだ」

「レオン。私はあなたのことをよく知っていますよ。いつも星に魔力を送り、癒してくれていましたね」

マティアスの顔に柔和な笑みが浮かぶ。

「この星に生きる者として、務めを果たしたにすぎぬ」

レオンの口調はぶっきらぼうなものだった。

──あ、照れてる。

だがそれが照れ隠しなのだと、マリーは最近になって気づいた。

「そうですね。でもあなたの魔力によって星が癒されたのは確かです。かなりこの愚兄に奪われてしまいましたが、それも私の聖女のおかげで取り返すことができました。星の管理者にすぎない私には、これほどの魔力を作り出す力はありませんから……感謝していますよ」

マティアスはそう言って、足元のディオンを見下ろした。

「ぐっ、弟のものを兄が使ってなにが悪い？」

「全く。そんなことを言っているから、あなたは星の管理者に選ばれなかったのですよ？　理解していますか？」

マティアスはディオンの背中をぎゅうぎゅうと踏み付けた。

「痛っ！　やめろ、マティアス！」

どうやらこの兄弟の力関係は、完全に弟が勝っているようだった。

「そういうわけで、あなたから頂いた魔力で、この星の傷を完全に癒してしまいましょうか」

マティアスが星の傷に向かって手をかざすと、地鳴りと共に亀裂がみるみる塞がっていく。あれほどマリーやリュカが苦労して魔力を注いだことが幻であったかのように、神の手によって星の傷はあっさりと修復された。そして魔王城全体を包んでいた瘴気も、同時になくなる。

「これで、これからは星の傷から新たに魔物が生まれることはなくなります。ですが……」

マティアスの表情は少し厳しいものに変化する。

「だからといって私は人が魔物を駆逐することを望みません。魔物も人も等しく私の子らです。皆で仲良く暮らせますね？」

「もちろんです」

エルネストが胸を張ってマティアスに返事をする。

「神様、ひとつよろしいでしょうか？」

「なんです？」

ユベールがにっこりとマティアスに向かって微笑みかける。

「私は魔法使いのユベールと申します。私たちは神であるマティアス様のおっしゃったことを守ります。ですが、いかんせん人の世において僕たちは、魔王のように絶対的な上位者ではありません。いくら僕たちが仲良く暮らそうと言ったところで、多くの民は耳を傾けようとはしないでしょう」

「それで？　あなたはなにが望みなのですか？」

マティアスはユベールの言いたいことをわかっているようだった。ユベールの言葉を微笑みひとつで促す。

「権力を持った方に直接言っていただけると、とても助かるのですが……」

「なるほど。本来直接関与することは避けるべきなのですが、今日はたくさん資源を得られましたし、私の機嫌は最高にいいのです。特別に教皇にでも私の気持ちを告げておきましょう」

「ありがたく存じます」

ユベールがマティアスに対して恭しく頭を下げた。

「さて、必要なものは回収しました。そろそろお暇しましょう。行きますよ。ディオン」

「ぐえっ！」

マティアスは見かけによらず力持ちであるらしい。ディオンの首根っこをつかまえて持ち上げる。

「では、ごきげんよう」

マティアスは皆に向かってにっこりと笑い、その場から消え去った。

「えっと……、これで全部解決ってことでいいのか？」

乾いた笑みを浮かべるエルネストに、残された全員がため息で応えた。

第八章　大団円といきましょう！

身体と魔力の疲労は神の手で癒（いや）されたけれど、精神的な疲労が大きく、一旦、魔王城の一室を借りて休むことで合意した。

魔王が命じれば、魔物がマリーたちを襲うこともない。

和やかとは言いがたかったが、食堂で皆揃って食事も済ませた。

これまで魔物は敵だと、反発を隠そうともしていなかった勇者たちも、レオンと一緒に戦ったことで考えを変えたのか、敵陣ど真ん中であるはずの魔王城で休息をとっている。

どちらかと言えば、疲れすぎて考えることを放棄していたのかもしれない。

「もう俺は休む。すまんが、寝室に案内してもらえるか?」

「僕も、もう限界」

「よかろう。案内せよ」

「こちらです。お客様」

レオンの命令に、兎の耳を持つ可愛らしい魔物がぴょこぴょこと跳ねながら、近づいてくる。

「おやすみー」

エルネストとユベールは魔物のメイドに案内され、寝室に姿を消した。

マリーは漏れそうになるあくびを噛み殺しつつ、リュカに尋ねた。

「リュカはいいの?」

「少し魔王……レオンと話しておきたいことがある。マリーは休んだらいい」

マリーがレオンに視線を送ると、彼は軽くうなずいた。

仲良くなったとまでは言えないが、神からの命令がある以上、喧嘩にはならないだろうと、マリーはリュカの言葉に従うことにした。

「そうね。私も休もうかしら」

「ご案内いたします」

「おやすみなさい」

「おやすみ」

マリーは食堂をあとにして、メイドのうしろについていく。

「あら？」

マリーが違和感に気づいたのは、階段をいくつか上った頃だった。

「あの、こっちで合っているのかしら？」

客用の寝室がこんなに高層階にあった記憶はない。

「はい。魔王様の寝室に案内するよう、申し付けられておりますゆえ」

メイドの答えに、マリーは目をむいた。

「えっと、あの、ほんとに？」

「私が嘘をついているとでも？」

「そういうわけじゃありません。では、案内をお願いします」

「かしこまりました」

マリーは大人しくメイドのあとに続いて、レオンの寝室へと案内された。

相変わらずベッドしかなく、殺風景な部屋だった。

「荷物をお預かりいたします。お風呂を使われますか？」

マリーはそう言われて、自分の身体を見下ろした。

破れてこそいないが、激しい戦いを終えた状態であちこち汚れている。お風呂の誘惑には抗(あらが)えなかった。

「お願いします」

レオンと一緒に使ったことのある岩風呂に案内された。

当然のようにメイドが入浴を手伝おうとしてくるので、マリーは慌てて断る。

「大丈夫です！」

「おひとりでは無理がございます。お手伝いさせてくださいませ」

そもそもマリーは、誰かの手を借りることに慣れていない。ひとりだけ裸で過ごすのも気まずいので、どうにかメイドには下がってもらった。

「ふう……」

時間をかけて髪を洗い終えて、湯船に首まで浸かったマリーの口から大きなため息がこぼれる。

魔王のために用意されたシャンプーや香油は最高級品で、とてもいい匂いがした。

覚えのある匂いに、マリーは疲弊した心が癒(いや)されていくのを感じる。

とりあえず、星の傷は癒(いや)せたことだし、聖女としての役割も終えることができた。

想像だにしていなかった終わり方に、この先はどんなことが起こるのか、全く予想がつかない。

それでも魔物と人が仲良く暮らすようにという神の言葉がある以上、きっとこれからは平和な日々が続くのではないだろうか。安堵と不安が入り交じった不思議な気分だった。

「これから、どうしよう……」

聖女としての役割は終わった。ゲームのエンディングとは全く違う結末を迎えた今、なにをするのも自由だ。

「旅に出るのもいいかも？」

「俺から逃げるつもりか？」

「きゃっ！」

突然かけられた声に、マリーは飛び上がった。

湯煙の向こうから、レオンが姿を現す。

なにも身につけていない彼の裸身を直視できず、マリーは目を逸らした。

「逃げるつもりかと聞いているのだが？」

レオンはざぶざぶと湯をかき分け、マリーの前に立ちはだかった。

「別に逃げるつもりなんてないけど……」

なんとなく、レオンとの関係はここまでのような気がしていた。元聖女と魔王とでは生きる世界が違いすぎる。

戦いの最中、告げられた彼の想いは嬉しかったが、とても未来があるようには思えなかった。

「俺には諦めるなと言っておきながら、自分の未来をあっさりと放り出すような真似をしたことについて、説明はあるのだろうな？」

腰に手を当て、マリーの前に立ち塞がるレオンから、逃げられる気はしなかった。

「えっと……、その……ごめんなさい」

怒りに目を吊り上げるレオンには全面降伏するしかない。マリーは早々に白旗を掲げた。

「マリー……」

レオンは唐突にマリーを抱きしめた。

マリーの頬がレオンの胸に触れる。熱く、しなやかな筋肉の感触が直に伝わってくる。

「だって、私ひとりの犠牲でどうにかなるなら、それでもいいと思って」

「俺の心を奪っておいて、放り出すような真似を許すと思ったか？」

「……いいえ」

――だって、魔王様ですし？

「とはいえ、あれほど好きだと伝えたのに、二度も俺を捨てようとしたことは許せぬ」

レオンの目が赤く染まっている。

マリーの頬はひくりと引きつった。

「お仕置きの、時間だ」

レオンの口元には悪辣な笑みが浮かんでいた。

魔王様の降臨である。

湯船の中から拉致され、連れ込まれたのは予想通りレオンのベッドだった。

「ベッド、濡れちゃうけど……、いいの？」

「どうせ別のもので濡れるのだ。かまわん」

「ちょっと……」

マリーは破廉恥なレオンの台詞に言葉を失った。

「手を出せ」

「え？　どうして？」

「仕置きだと言っただろう。大人しく差し出せ」

「……はい」

マリーは諦めて両手を揃え、レオンに差し出した。

どこから取り出したのか、レオンは幅の広いリボンをしゅるしゅるとマリーの両腕に、手錠のように巻き付ける。

「え、ちょっと?」

マリーが呆然としているあいだに、レオンはリボンをベッドの支柱に括り付けた。

「嘘でしょ……?」

「嘘ではない。次は足だ。こちらは片方ずつでよい」

レオンの手がマリーの足首に伸びる。

「やだっ!」

――ちょっと、嘘でしょ? いきなり緊縛とか、いつの間にそんなフラグが? え、ゲームのストーリーは終わったんだよね? 別にもうフラグとか気にしなくてもいいんだよね? ちょっと、むりだから、むりだから!

マリーは慌てて逃げようとするが、叶わない。

彼の手から逃れようと蹴ったマリーの足を、レオンはあっさりつかまえた。そして手と同じようにしゅるしゅるとリボンを巻き付け、足元側の支柱に高い位置で括り付ける。

マリーは足をつり上げられて、身動きが取れない。

「まって、うそ、やだぁ……」

そうなってしまえば、もう一本の足もあっさりとつかまり、同様に括られてしまった。

まろやかな膨らみも、濡れた茂みも、隠すところなどなくレオンの目に晒される。

「やだ、レオン……お願い」

マリーは羞恥に身をよじった。すでに彼女の目には涙が滲んでいる。

「そうして泣くほど嫌な目にあわなければ、おまえはすぐに忘れてしまうのだろう？」

レオンの目は興奮に赤く染まっていたが、同時にひどく悲しそうでもあった。

「レオン……」

レオンの手が、曲線を描く胸に伸びた。その柔らかな感触を確かめるように、ゆっくりと揉みしだく。

しばらく胸をもてあそんでいたレオンの長い指が、マリーのツンと尖った先端を強く摘まんだ。

「っひ、あああ！」

胸の先からつま先までびりびりと快楽が走った。身体はぎゅっと強張り、息が詰まる。

「こちらはどうだ？」

今度は指先で先端を弾かれた。

「っや、ああ、んン！」

視界が真っ白に染まり、マリーは胸の先に触れられただけで昇りつめた。

一気に力が抜け、ベッドの上にくたりと身体が沈み込む。

けれど、今夜のレオンは、マリーに休む暇を与えてはくれなかった。

「胸に触れられただけで、達したのか？」

大好きなレオンの低い声が耳元に直接流し込まれる。

それだけで果ててしまいそうなほど艶（つや）めいた声に、マリーの背筋はぞくぞくと震えた。

――ただでさえ、レオンはSなのに、いつの間にドSに進化してたのー？　それに、レオンの手が気持ちよすぎるのがすごく怖い。このままじゃ、頭がおかしくなっちゃう……

ふるふると首を振って抗議するものの、レオンは取り合わない。

「こんなの……おかしいっ」

マリーの乏しい経験の中でも、これほど早く昇りつめたことはなかった。

「おかしくはない。魔力も一緒に流してやったからな。これまで体験したことのない悦楽を味わうがいい」

レオンは宣言と同時に愛撫を再開した。

「もはや星の傷は癒(いや)され、魔力を注ぐ必要もない。自分の好きなことに魔力を使って、なんの問題があろうか」

レオンは獰猛(どうもう)な笑みを浮かべた。彼の手が薄い腹の曲線をそっとなぞる。

それだけでマリーはびくびくと身体を震わせた。広げられた足のあいだが、切なくてたまらなくなる。膝をすり合わせたくなるが、括り付けられているために叶わない。

マリーは切なさに腰を揺らした。

「っや、あ、……れお……ん、もう、許……してぇ」

閨(ねや)にマリーの甘ったるい声が響き渡る。

「まだ余裕がありそうだな」

レオンは冷酷に宣言すると、足のあいだを通り過ぎて、太ももに指を滑らせた。

指が肌をなぞると、それだけでぞわりと背筋が震え、身体の奥に熱がこもっていく。

「れお……ん」

彼の唇が膝に寄せられた。そこから、唇が足先に向かってゆっくりとなぞっていく。

やがてつま先にたどり着いたかと思うと、レオンはためらうことなくマリーの足の指を口に含んだ。

「ひっ、あ、や……っ。だめぇ……！」

ぬるりとした感触に包み込まれ、マリーの視界に星が散る。マリーが必死になって抵抗するも、全く取り合ってもらえない。お腹の奥に溜まった熱が切なさを増し、蜜壺の入り口から蜜をこぼし始めた。

「ああ、濡れてきたな」

レオンはマリーの親指を口に含みながら、流し目を送ってくる。

そこに触れられることなくはしたなく蜜をこぼす己の身体に、マリーは羞恥でどうにかなりそうだった。それでも切なさに耐えきれず、マリーはレオンに懇願した。

「も……、さわって」

「まだだ」

「ひ……ン！」

足の指のあいだを舐められて、白い裸身がシーツの上でのたうつ。縛られているせいで、高まった熱を逃すこともできず、幾度となく高みに上らされる。顔は涙に濡れ、呼吸は一向に整わない。

マリーの理性はレオンの手によって陥落寸前まで追い込まれていた。

レオンはようやくマリーの足の指を解放すると、今度は耳元に顔を近づける。

「さあ、どうしてほしい？」

「キス……して」

マリーはためらいを捨て、己の望みを口にした。

レオンは破顔すると、そっと彼女の唇に口づけを落とした。ついばむような優しいキスを繰り返す。それからレオンはマリーの耳朶をそっと食んだ。音を立てながら耳の輪郭に舌を這わせる。

「それから？」

耳元で響く淫らな水音に、マリーの羞恥が煽られる。

低い艶やかな声がマリーを誘惑する。

「ぎゅって……して」

「それだけでいいのか？」

「ちゃんと、触って……ほしい。レオンの……好きにして、いいから」

「ふふ、いい子だ。言質（げんち）はとったぞ」

魔獣の赤い目が、愉悦を湛えて細められた。

レオンはマリーの腕を戒めていたリボンを解いた。

マリーは自由になった手を、縋り付くようにレオンの肩に回す。

その仕草に応えるように、レオンは彼女を抱きしめた。

苦しいほどに抱きしめられ、マリーの望みが叶えられる。

それから、足に結ばれたリボンが解かれた。反射的に足を閉じようとしたマリーにレオンが告げる。

「足を閉じてはならぬ。自分で足を開け」

レオンの命令にマリーは逆らえなかった。

レオンの指が、足のあいだの茂みに伸びる。

「んあ、っや、ん！」

ほんの表面をそっと撫でるだけの愛撫で、マリーは達した。

びくびくと痙攣するマリーの裸体を、レオンは愛おしげに目を細めて見つめる。

「マリー……」

彼の長い指が蜜壺にそっと沈んだ。

マリーはそれを無意識に締め付ける。彼の指を逃さぬよう、内部が勝手にうごめく。

「ずいぶんと欲しがっている」

「言わない……でぇ」

揶揄（やゆ）されたと思ったマリーは、涙をこぼして訴える。

「別にからかっているわけではない。それだけ俺を欲しているのだと思うと……な」

レオンの唇が笑みを形作った。

「も、入れて……ほしっ……」

マリーは、耐えきれず懇願した。

「ダメだ。まだきつい。せめて指が三本入るようになるまで、待て」

「く、……はぅ」

レオンがナカに沈めた指を動かし始めた。

小刻みに指を動かされ、びりびりと快楽が脳天へと突き抜ける。

「っあ、ん、っく、ン！」

内部を探るレオンの指が二本に増やされ、とぷとぷと蜜をこぼす花びらの中心を押し開く。

ふっくらとめしべが膨らみ、花弁を押し上げている。

レオンは悪辣な笑みを浮かべ、そこをそっとなぞった。

「あ、ああ、っや、あ！」

がくがくと全身を震わせ、マリーは果てた。はくはくと口を動かすが、息ができない。

張り詰めていた身体から力が抜け、息も絶え絶えにシーツの海に沈み込む。

「マリー……」

レオンはマリーの耳元で彼女の名前を呼んで、忘我の淵に沈んでいる彼女の意識を呼び戻す。

「ん……？」

「もっとほぐしてからと思っていたのだが、おまえの痴態に煽られて我慢できそうにない」

「え、……あ？」

マリーが正気を取り戻す前に、レオンは彼女の腰を抱え込むと、猛りきった剛直を蜜壺に宛がった。熟れてたっぷりと蜜を湛えた場所に、剛直の先端をわずかに沈める。蜜をまぶし、少しでも痛みを減らそうと入り口を行き来する。

「あ、ああ、ン！」

レオンが腰をゆっくりと進めた。

マリーの隘路(あいろ)はレオンの形に押し開かれていく。

剛直を彼女の内に沈めながら、レオンは同時に魔力を彼女に注ぎ込んだ。

「ひあ、ああ、う！」

マリーの視界に星が散った。なにもかもがレオンの形に、色に染まっていく。

「く……、締め付け、すぎだと、言うのに！」

マリーは達しながら、レオンの楔を何度も締め付けた。

「れお……ん」

マリーは無意識にレオンの腰に己の足を絡め、捕らえる。

「くそ、煽りよって。どうなっても知らぬぞ？」

レオンはそう宣言すると、腰を激しく動かし始めた。

マリーの唇を己のそれで塞ぎ、口づけながらも腰を動かすことをやめない。

「ん、……っく、ふ、あ……！」

マリーは苦しさに涙を滲ませた。

それでも、口づけをやめようという気持ちはひとかけらも起こらなかった。最奥で繋がりながら、なにもかもを晒け出す快楽に酔う。

「れおん、れおん……っ！」

彼の肩にしっかりとしがみついて離れない。

「あ、あぁぁぁぁぁあ！」

マリーが達すると同時に、内部がレオンの精をねだるようにうごめいた。

「くっ……」

レオンは低く呻くと、大量の魔力と共に精を彼女の最奥に注ぎ込む。

「れお……、あ、つい」

「おまえの、魔力も熱い」

突き刺さった彼の楔がどくどくと脈打っているのを、マリーは身体の奥底で味わっていた。

身体を重ねたまま、唇を軽く触れ合わせる。触れていると、離れがたくなって、何度も口づけを繰り返した。

「レオン……すき。だぁい好き」

口から勝手に気持ちが言葉となって溢れた。

「マリー、好きだ」

ついばむような口づけが降ってくる。

マリーは嬉しくなって、小さく笑った。

「もう二度と、離れようなどと考えるなよ？」

「……うん。わかった」

マリーはそっと伸び上がって、レオンの唇に自分から口づけた。

「マリー、煽るのは得策とは言えぬぞ？」

「煽ってなんて……」

ふと、埋められたままの楔が、硬度を取り戻していることに気づいたマリーは、さっと青ざめた。

「えっと、レオン。冗談、だよね？」

「冗談や酔狂でおまえを抱いたりなどせぬ」

「嘘でしょー！　ああっ……ん」

その後、マリーは喉がかれ果てるまで散々に啼かされ、体力が尽きるまで一晩中揺さぶられ続けた。

「マリー、大丈夫なのか？」

翌朝、よろよろと食堂に現れたマリーに、エルネストが心配そうに近づいた。

「だ、大丈夫。たぶん……？」

朝から自分に治癒魔法をかける破目になったが、腰の鈍い痛みは治まらず、足は震えてゆっくりとしか歩けない。

――レオンの馬鹿ぁ！

マリーは涙目になりながらも、そろそろと椅子に向かって足を進める。

明らかになにかありましたとわかるマリーの姿に、リュカは苦い顔をしている。

ユベールはなにも見ていないと言わんばかりに、キラキラとした笑みを浮かべていた。

「マリー、もう一度治癒魔法をかけておけ」

いつの間にか食堂に現れたレオンが、するりとマリーに近づき、彼女の腰に手を回してエスコートする。

「わかってる……。すごく不本意だけど、癒し（ヒール）を！」

二度目の治癒魔法で、マリーはどうにか動けるようになった。

「おまえら……。傷心したばっかりの俺の前で遠慮がなさすぎるだろう？　少しは隠せ！」

憮然とするリュカに、レオンはふふんと笑った。

「マリーは俺の妃だ。これくらい、当たり前であろう？」

「はあ？」

ユベールが素っ頓狂な声を上げる。

マリーは思いもかけない言葉を耳にして、飛び上がった。

――えっと、どういうこと？　私がいつレオンの妃になったの？

「妃って、どういうこと？」

「もう離れぬと約束したであろう？」

マリーの腰に回されたレオンの手にぐっと力がこもる。

「確かに、約束……したけど、そういう意味だったなんて……思わなくて」

まさか結婚の約束だとは思わず、マリーは戸惑った。

「まさか、俺をもてあそんだのか？」

拗ねるようなレオンの口調に、マリーは驚く。

「はあっ？　私が魔王様をもてあそぶなんて、そんな大それたこと、できるわけないじゃない！」

――どちらかと言えば、もてあそばれたのは私のほうだと思うんですけど!?

「ならば、おまえはどういうつもりなのだ？」

レオンがじとりとマリーを見つめる。

――ああっ、もう！　どうあっても、私の気持ちを言わせたいってこと？　私が推しのレオン様に敵うわけないじゃない。

マリーは早々に白旗を掲げた。

「もう……、私と結婚してください！　これでいい？」

マリーは自棄（やけ）になって叫んだ。

「ちょっと、マリー⁉」

勇者たちが目を白黒させる中、レオンは満面の笑みを浮かべてうなずいた。

「喜んで、おまえの伴侶となってやろう！」

レオンがマリーを抱き上げ、ぐるぐる回り出す。

「わっ、ちょっと、レオン、やめて！　目が回る！」

マリーの悲鳴に、レオンはもう一度だけぐるりと回ってから地面に下ろした。

「マリー、我が最愛の妻よ」

愛おしげにレオンに見つめられ、マリーは顔から火が出そうだった。

周囲を見回すと、あきれたような、微笑ましいものを見るような、生暖かい目つきでマリーたちを見守っていた。

「どうして人前でそういうこと言うの⁉」

恥ずかしさに悲鳴を上げるマリー。

「別にかまわぬだろう。伴侶なのだから」

「だから少しは慎めよ！」

リュカは爽やか王子の顔をどこかへ放り投げてしまったらしい。

「まあまあ。人の恋路を邪魔する奴は……というやつだ。リュカの気持ちも、わからんではないがな……」

「アニキ……」

リュカとエルネストは互いに慰め合っている。

「アニキもマリーのこと好きだったんだね」

「えぇ？」

「ちょ、おまえ！」

ユベールの暴露にマリーは目をむいた。

エルネストは慌てたが、マリーの視線に気づき、耳を若干赤くしながら目を逸らす。

「あー、割とわかりやすく誘いかけてたと思うんだが？」

「全っ然気がつかなかった……」

確かに誘いをかけられたことはあったが、いつも冗談めかした誘い方で、とても本気とは思えなかった。てっきり男女関係に疎いマリーをからかっているのだろうと思っていたのに。

「まあ、その、なんだ。気にするな。こんなこと言われたって今更だし、見込みがねえってのは見てりゃわかるさ」

エルネストは苦笑した。

マリーの胸は痛みに押しつぶされそうになる。エルネストの気持ちを冗談だと思い、きちんと受け取っていなかったことに、申し訳なさが募る。

「それよりマリーは、旦那の機嫌を心配したほうがいいと思うぜ？」

「だ、旦那……って」

エルネストに指摘され、マリーは隣にたたずむレオンの顔を見上げた。

「ふふふ……。そういうことだったのか」

レオンは綺麗な笑みを浮かべていた。だがその目は全く笑っておらず、空色の瞳が凍り付いたようで、まさに魔王の名に相応しい笑顔だった。

「あ、あの、レオン？」

マリーは大いに焦った。

「今夜は、眠れると思うなよ？」

「なにその死刑宣告！」

「死刑とはなんだ。俺と睦み合うのがそれほど嫌なのか？」

「嫌じゃないけど！」

痴話喧嘩を始めたマリーとレオンに、その場にいた全員の目が死んだ。

「それで、これからどうするんだ？」

リュカが話を唐突にぶった切る。

「ふん。まあいい。まずは人の権力者と話をつけねばなるまい？」

「つまり教皇様に会いに行くと？」

レオンはリュカの問いに鷹揚にうなずく。

「左様。神からの言葉もあることだ。融和の道を歩むほかあるまい」

「じゃあ、もう僕たちは魔物と戦わなくても済むってことでいいのかな？」

「人が危害を加えなければ、魔物は人を襲ったりはせぬのだがな？」

レオンの冷たい視線を浴びたユベールは、しまったという表情を浮かべた。

「じゃあ、一刻も早く教皇様に、もう魔物を襲わないようにって言ってもらわないとね」

「ふむ。人の権力者にどれほどの力があるのか知らぬが、俺が直々に敵の本拠地へ足を運んでやろうというのだ。争いは少なくはなるであろう」

レオンは大聖堂へ乗り込む気満々のようだ。

「いきなり押しかけたりして大丈夫か？」

エルネストは首をひねっている。

「ふん。人の中で最も強い者がおまえたちなのであろう？　勇者を従えた魔王に、誰が歯向かうというのだ」

「レオン、それ完全に悪役の台詞(せりふ)だよ？」

マリーの突っ込みに、リュカ、エルネスト、ユベールが口を揃えた。

「だって、魔王様だから仕方ない！」

皆の笑い声が、魔王城に響き渡った。

第九章　それから

教皇に会いに行くというレオンに、リュカが一緒に行くと言い始めた。

「神からのお言葉を聞いた俺たちも一緒にいたほうが、話は早いだろう。どのみち俺たちも一度教皇猊下(げいか)にご報告に戻らないといけないし、これからどうするか話し合わないといけない」

マリーは、冷や水を浴びせられたような心地に襲われる。

レオンを倒すことなく、星の危機を回避できたことに浮かれている場合ではない。

魔物との全面対決は避けられそうな見通しは立っているものの、魔王討伐という命に背いたことは確かなのだ。

「それはそうかもしれぬが、おまえたちが一緒ではいささか面倒だ」

マリーに対しては優しい表情を見せるレオンだが、それ以外の人物にはほとんど表情を変えることはない。多少は気安く話しかけられる程度に仲良くはなっているが、レオンの冷淡な態度は相変わらずだった。

仏頂面で答えたレオンに、エルネストが首を傾げる。

「面倒って、どういうことだ？」

「おまえたちがいては、移動に時間がかかりすぎる。俺とマリーだけならば、教皇のいる場所まで二日とかからぬ」

「二日⁉」

目をむくリュカとユベールにも、レオンは平然としている。

「教皇猊下を呼び捨てにするんじゃねえよ」

エルネストは自分の口の悪さを棚に上げてレオンに注意する。

レオンはエルネストの非難に、冷たい視線で返した。

「人の頂点が教皇であるというなら、俺は魔物の頂点に君臨する魔王であるぞ。なぜ呼び捨てにしてはならぬのだ？」

「そりゃそうだけど……」

反論する余地を失って、エルネストは言葉が出ない。

「それより、二日ってどういうことー？」

ユベールの問いの意味が、レオンにはわからない様子だった。

「飛んでいけば、それくらいであろう？」

「はいー？」

ユベールは愕然とした表情を浮かべ、レオンを見つめた。

「確かにさぁー、飛翔(フライ)を使えばそれくらいで行けるかもしれないけどー……、そんなの無茶だよー」

力なく返事をしたユベールに、マリーは全力で同意した。

確かに短時間であれば、マリーでも飛翔(フライ)の魔法で空を移動することはできる。だが、この魔王城まで、徒歩でふた月ほどはかかっている。魔王城から一直線に聖都オディロンを目指すとしても、ひと月はかかるはずだった。

そんな長距離、使い慣れない飛翔(フライ)の魔法を発動し続けるのは、マリーの魔力であっても到底無理だった。

「私もちょっと無理かな……？」

ぶるぶると震えるマリーをレオンがすかさず抱き寄せる。

「マリー、心配はいらぬ。俺が抱いて飛ぶゆえ」

「あ、はい」

ほっとすればいいのか、レオンほどの魔力がないことを嘆けばいいのかわからず、マリーは素直にうなずいた。

「そこ、いちゃいちゃするんじゃない！」

リュカがレオンとマリーをたしなめるが、誰も聞いていなかった。

ユベールはためらいがちにリュカとエルネストに視線を向ける。

「そりゃ、僕にだって飛翔（フライ）は使えるけど、消費魔力が多すぎるよー。それに僕はともかく、魔力の少ないエルネストには無理だし。リュカくらいの魔力だったら、練習すればぎりぎり使えるようになると思うけどー……」

飛翔（フライ）の魔法が使えないエルネストを置き去りにすることなど、できはしない。

聖都まではこれまで通り徒歩で向かうか、どうにかして移動手段を確保できるようレオンに頼むかの二択しかない。

マリーはレオンを見つめ、口を開いた。

「ねえ、レオン。エルネストを……」

「男を抱いて飛ぶ趣味はない」

レオンはマリーの言わんとすることを察して、言葉を遮った。

「こっちだってそんな趣味はねえよ!」

きっぱりと断ったレオンに、エルネストが憤慨する。

「まあまぁー、そんなに怒らなくても、ねぇー?」

ユベールが仲裁に入った。

「エルネストが一緒に行けないなら、急いでも意味がないよねー。馬でもあればもう少し早く移動できるんだけどなぁー。魔王様、どう?」

「馬はないが、飛竜ならば皆を乗せて飛べるだろう」

「飛竜?」

聞き覚えのない言葉にマリーは首を傾げた。

──地竜なら戦ったことはあるけど、飛竜って、『テラ・ノヴァの聖女』に出てきたかなぁ……?

だが、マリーとは対照的にユベールは色めき立つ。飛竜と聞いて、リュカとエルネストもまた顔色を変えていた。

「ひ、飛竜って、あの伝説のか?」

エルネストが興奮をあらわにレオンに詰め寄る。

ユベールによると、かつては多くの竜が空を飛び交っていたという。けれどいつしかその姿を見かけることはなくなり、伝説の生き物と呼ばれるほどになってしまったのだとか。

物語の中にしか存在していなかった飛竜に会えるという期待に、勇者たちが興奮を抑えきれないのも無理はない。

そうしてレオンが用意してくれた飛竜に乗って、マリーたち勇者一行と魔王レオンは、たった一日でオディロンの都の上空へと到達したのだった。

「とりあえず、大聖堂へ向かえばいいのだな？　俺はさっさと教皇と話をつけて、マリーと共に蜜月を過ごしたいのだ」

「あー、はいはい」

リュカがあきれた表情を隠そうともせず了承し、ユベールとエルネストもうなずいた。

マリーはレオンが急ぐ理由を知って真っ赤になった。

――蜜月って、あ、ハネムーンというやつですね。え、ハネムーン？　え、私いつの間に結婚したの？　新婚さんなの？　ひえぇぇぇ。お、推しと結婚とか、ちょっと畏れ多すぎるんですけど⁉

喪女であった自分がそんな状況に置かれるとは思ってもみなかったマリーは、パニックになっていた。

「マリー、どうした？」

ふと気づくとレオンがマリーの顔をのぞき込んでいた。

「え、あの、えっと……」

端整な顔がマリーの目前に迫る。

もっと近くで彼の顔を見たことも、もっと恥ずかしい状況にいたこともあるというのに、マリーは気恥ずかしさに頭がおかしくなりそうだった。

「マリー？」

「えっと、レオン様……すき……。尊い……無理……」

顔を真っ赤にしながら、ぽつりぽつりと呟くマリーの様子に、レオンの顔に愉悦の笑みが浮かんだ。

「ふん、あまり煽ってくれるなと言ったはずだがな？」

「え、う……あ」

艶やかに微笑むレオンに、マリーの思考は完全に停止した。

「あ、大聖堂だ！」

ユベールの興奮した声が、ふたりのあいだの甘い空気を切り裂いた。

「ちっ。これが人の都か」

レオンは不快そうに眉間にしわを寄せつつ、飛竜の背中から聖都を見下ろしている。

聖都の中心には大聖堂がそびえ立っている。魔王城に比べると、高さは少し足りないくらいだが、人が積み上げてきた歴史は十分に感じられる。

「よし、あのあたりに降りる」

「えっ、ちょっと？」

てっきり一度郊外に降りてから大聖堂に向かうのだと思っていたマリーたちは慌てた。

「おい、魔王様？　いきなり総本山に降りたら、聖騎士たちから攻撃されても文句は言えねえぞ？」

「そのために神に連絡を頼んだのであろう？」

レオンは不服そうに顔をしかめた。

「いや、そうだけど、そうじゃない！」

ユベールは叫んだ。

「人と仲良くするつもりがあるのか？」

「当然だ。だが、おまえたちの忠告は不要だったようだ」

大聖堂の中二階付近に位置する大きなバルコニーには、教皇の姿があった。そして教皇を取り囲むように数十人の輝く甲冑を纏（まと）った聖騎士たち、そして司祭や魔法使いたちの姿も見える。

とりあえずは、矢や攻撃魔法が飛んできてはいないので、あちらに攻撃の意思はないらしい。

教皇の掲げた聖杖が、夕日を受けてきらりと反射する。

マリーたちを乗せた飛竜が、バルコニーに向かって降りようとしていることに気づいて、海が割れるように場所が開けた。

飛竜が巨体に似合わずふわりと静かにバルコニーに着地する。

エルネスト、リュカ、ユベールが、順に飛竜の背から下りる。マリーはレオンの手に引かれて、どうにか見苦しい姿を晒さずにバルコニーに下り立った。

マリーを抱き上げて下りようとするレオンと、自分で下りられると主張したマリーの中間の案を取ってこうなったのだ。

「よくぞ戻った。勇者リュカ、聖騎士エルネスト、魔法使いユベール、聖女マリー」

教皇が慈愛に満ちた笑みを浮かべ、勇者たちの帰還をねぎらう。

「そして、魔王陛下。ようこそ聖都オディロンへ」

教皇は感情をうかがわせない表情でレオンに相対する。

「おまえが教皇か？」

レオンは魔王らしい傲慢そうな顔で、教皇を見下ろした。

「いかにも。フランソワと申します」

「俺はレオンだ。ここへ来た目的はすでに神から伝え聞いていると思うが？」

「はい。和議を結ぶためだと、存じております。ここではゆっくりと話もできません。まずは、くつろげる場所へ案内いたしましょう」

「レオン……」

互いに腹の内ではなにを考えているのかわからないまま、ふたりが睨み合う。

険悪な雰囲気に耐えかねたマリーが、レオンの服の裾をわずかに引っ張った。

「承知した」

魔王と勇者一行は、司祭の先導で迎賓室へと案内された。

大きなテーブルとふかふかのソファがいくつか並べられ、天井には大きなシャンデリアがぶら下がっている。

きらめくクリスタルの価値はどれほどのものだろうか。明らかに高級品とわかる調度の数々に、マリーはため息をこぼさずにはいられなかった。

「……なんか、すごいね」

ている。

リュカやユベール、エルネストも同様の感想だったらしく、若干居心地が悪そうにしている。

「まあ、教皇様ともなれば国家元首やいろいろな方とのお付き合いもあるだろうし、これくらいは……」

そう言うリュカの目も泳いでいる。

「ふむ、悪くはない」

魔物の頂点に立つレオンにとっては、さほど感銘を受けるものではなかったらしく、いつもと態度は変わらない。

さして間を置くことなく、教皇が聖騎士たちを引き連れて迎賓室に現れる。

教皇は部屋の奥に設(しつら)えられたソファに腰を下ろし、聖騎士たちはその背後にずらりと並んだ。

教皇は無表情で、なにを考えているのか簡単にはうかがい知れない。教皇の背後に控える聖騎士たちの表情は硬く強張っていた。

大勢の護衛を引き連れている教皇に対して、レオンは単身この王都へと乗り込んできた。レオン本人は気にしていないようだが、この場にレオンを連れてきた者の責任として、レオンを守らなければならない。勇者たちの気持ちはひとつにまとまった。

マリーたちは互いの顔を見合わせるとうなずき、レオンの周囲を守るように両脇と背後を固める。

レオンは勇者たちの行動を目にして、わずかに目を瞠(みは)った。

レオンは教皇の向かい側の席に腰を下ろすと、ゆったりとソファに背を預け、足を組む。

教皇はレオンの傍若無人な態度を意に介することなく、穏やかに話を切り出した。

「それでは、魔王陛下。お話し合いをいたしましょうか」

「かまわぬ。神からの託宣とやらで知っているかもしれぬが、我ら魔物には人と積極的に争う意思はない」

「確かに、昨夜のうちに神託を賜っております。現時点をもって、魔物と人との争いを止めよと。それから、間もなく魔王が話し合いのために聖都へやってくるというお言葉を頂きました。神のお言葉を疑うつもりはありませんが、そのまま信じることも難しいと思っておりました。ですがやはり神のおっしゃった通り、陛下には停戦のご意思があるということなのですね？」

教皇がくいと眉を上げ、レオンをじっと見つめる。

ふたりのあいだで目に見えない火花が散る。

「ああ、相違ない。仲良くしろと言われたのでな」

——確かに神様はそう言っていたけど、そんなにうまくいくのかな……

マリーははらはらしながら教皇とレオンのやり取りを見守っている。

実際に大聖堂の内部に案内されるまで、破門にでもされるかもしれないとびくびくしていた。だが、とりあえずはその心配はしなくてもいいようだった。

教皇は神託に従い、魔物との問題を平和的に解決するつもりであるらしい。

「ならば、教会としても異議はございません」

教皇の宣言をレオンは眉ひとつ動かさずにうなずいて了承した。

「我らが眷属（けんぞく）に対して攻撃することがあれば、反撃を覚悟せよ」

「陛下のように言葉の通じる相手ならば話し合いの余地もありましょう。ですが、話のできぬ魔物もおりましょう？」

言外に、話のできない魔物とは交渉できないという教皇の言葉に、レオンは眉をひそめる。

「人と話が通じぬだけで、俺と眷属（けんぞく）のあいだでは十分に通じているのだがな……。仕方がない、人の言葉を話せる部下のうち、数名を通訳として派遣しよう。その者を介して交渉すればよい」

「なるほど。それならば魔物と人とがわだかまりをなくし、手を取り合える未来が来るのでしょうね……」

それまで無表情だった教皇は、疲れたように長く息を吐いた。

「神のお言葉とはいえ、民がこの和平をすぐさま受け入れることが難しいのは、魔王陛下にもご理解いただけますでしょう？」

「ふむ、俺に人の事情は理解しがたいようだ。我が配下には命じれば済むことゆえ」

――え？　ちょっと、そこでそんなこと言っちゃうの？　相互理解するつもりなし？

マリーはレオンの言葉に焦る。

「そうですか……」

教皇はレオンの高慢な態度にあきれた表情を隠せない。

いくら神に命じられたこととはいえ、これまでいがみ合っていた両者がすぐに和解し、仲良くするというのが難しいことは、マリーにもよくわかる。けれど魔物と、そしてなによりレオンと争わずに済む未来があるのならば、それを願わずにはいられない。魔物と人を同じ物差しで測れないことはわかっていたつもりだったが、ここまで価値観が違うとは思っていなかった。

どうすればこの話し合いが良い方向へと向かうのか、マリーにはわからず焦燥がこみ上げる。

「教皇猊下、私に発言をお許しいただけませんか？」

それまで黙ってこの会談を見守っていたリュカが口を開いた。

「勇者リュカ、……許す」

「ありがとうございます。まずは、猊下からのご命令である魔王討伐を果たせなかったことを、お詫びいたします」

リュカは教皇に向かって深く頭を下げた。

「……仕方のなかったことだと理解している。聖なる父からのお言葉もある。このことでそなたを責めるつもりはない。それどころか平和をもたらす勇者の役目を果たしてくれたこと、嬉しく思う」

「はい。感謝いたします。私は魔王陛下と知り合ってから、さほど時間は経っていません。それでも信用できることは保証いたします。その気になれば我々を倒すことなど容易かったはずなのに、約束を守り、話し合いの場を設けてくれました」

「……続けよ」

教皇は目を伏せ考え込んでいる。

リュカは再び口を開いた。

「そして、私たちは魔王と共に、魔物の生まれる真の原因であった、星の傷を癒すことができました。これ以上人が魔物に脅かされる心配はございません。それに……」

リュカはマリーに視線を送った。

「魔王はここにいる聖女マリーを伴侶と定めました。これ以上の和平の証はないでしょう」

「なに⁉」

教皇はがたりと腰を浮かせる。教皇と聖騎士たちの視線が、一気にマリーに集中した。

「真のことなのか！」

「は、はい！」

急に渦中の人物となったマリーは慌てふためく。

「マリー」

そんな彼女をレオンはさっと抱き寄せると、強引に自分の膝の上に座らせた。

「ちょ、レオン、待って、ここ、教皇様の御前だから！」

「俺とて、魔王だ。不敬など今更であろう?」

今にも口づけられそうなほど顔を近づけてくるレオンに、マリーは大いに慌てる。

「ちょっと、レオン……！」

レオンは強引にマリーに口づける。

「魔王陛下、聖女マリーを伴侶に迎えるというのは……本気のようですね」

質問をした教皇は全く周囲を気にしないレオンの様子に、どっと力が抜けて腰を下ろした。

「相違ない。俺はこのような不毛な話にはさっさと片をつけて、マリーと蜜月を過ごしたいのだ」

レオンはマリーを口づけから解放したが、抱きしめたまま放さない。

恥ずかしさに顔を真っ赤に染め、マリーはレオンの胸に顔をうずめた。

「……なるほど」

呆然とする教皇に、リュカが畳み掛ける。

「こういう事情ですので、ご納得いただけませんでしょうか？」

「……ならば、こうしよう。聖女と魔王の結婚式を、皆の前で大々的に行えばよい。私の祝福があれば民の理解も得られやすいだろう」

「はいー？」

――ちょっと、なに言い出すのよ教皇様⁉

マリーはうずめていた顔を上げる。

「結婚式……とはなんだ？」

レオンの怪訝（けげん）そうな表情に、マリーは愕然とする。

「伴侶となるふたりが、神様の前で生涯を共にすることを誓い合う儀式だよ。皆の前で神からの祝福を受けられると同時に、お披露目も兼ねている」

リュカが不服そうではあるが、レオンに丁寧に説明する。

「なるほど、ならばその結婚式とやらをすればよい」

あっさりとうなずいたレオンに、マリーは慌てる。

「え、ちょっと、待って？」

マリーの抗議は黙殺された。

「承知した。魔物と人の和平の象徴として、これほどわかりやすいものはない。大々的に式を執り行うことにしよう。準備にはそうだな……ひと月ほどかかるであろう。準備が整うまで、しばしのあいだここに滞在されるがよかろう」

教皇の提案にレオンが首を振る。

「ひと月も待てぬ。人の力など大したことがないな。俺の部下ならば三日とかからず手配してみせるが？」

「ならば二週間ではどうでしょう？」

「待てぬ。一週間だ」

「では、それで」

教皇の宣言に、聖騎士が動き始める。

「ちょっと、私の意見は？」

「強く生きろ……」

エルネストの慰めに、マリーはがっくりと肩を落とした。


そうして怒涛(どとう)の一週間が過ぎ、あっという間に聖女と魔王の結婚式の日がやってきた。

教皇からのお触れに、最初は人々も戸惑っていたようだが、平和が訪れるのだと知って喜ばない者はいなかった。

多くの人々が聖都に集まり、オディロンはかつてないほどの賑わいを見せている。

マリーは朝早くから、修道女たちの手を借りて、全身をぴかぴかに磨き上げられた。

そうしてウェディングドレスを身に纏(まと)い、髪や顔をこれでもかといじられて、式が始まる前から疲労困憊していた。

まもなく式が始まる。

マリーは人目のない楽廊から内部を見下ろした。大聖堂にはひと目、魔王と聖女の姿を見ようと、多くの人が詰めかけていた。

「どうしよう……。無理だよ、こんなの……」

マリーはあまりの人の多さにめまいがしていた。

平和になったことを示すには仕方のないことだと、この一週間で諦めがついてきてはいたのだが、大聖堂から溢れんばかりの人の多さに、今になって怖気づいていた。

「おい、マリー、今更かよ？」

マリーの介添人に選ばれているエルネストは呆れた様子を隠しもせず、大きなため息を吐く。

「だってエル兄……」

「大丈夫だ、おまえは今日世界で一番綺麗だ。魔王様だって惚れ直すくらいにな」

「うぅ……」

マリーは涙目になりながら、エルネストを見上げた。

いまだにマリーには、自分がレオンと結婚式を挙げるのだという実感がいまいち湧いていない。

エルネストは泣きそうになっているマリーを見下ろすと、再びため息を吐いた。

「おまえを祭壇の前まで連れていかなきゃ、俺が殺されちまう」

「だって……」

「マリーは魔王様が好きなんだろ？」

「それは……そうだけど」

「あいつの正装、見たくないのか？」

「……見たい」

レオンの正装はゲームの中にも存在しない。結婚式のためにタキシードを身に纏うレオンの姿は、ファンならば押さえておきたい映像第一位に違いない。

「だったら、ほら、行くぞ！」

レオンの正装につられて、エルネストに手を引かれるまま、マリーは大聖堂の入り口へと移動した。

介添役の修道女にベールを下ろしてもらうと、扉が大きく開かれた。

マリーに来賓たちの視線が集中する。

マリーは一瞬たじろいだが、エルネストに促されて、ゆるゆると身廊を進み始める。

両脇を埋める来賓は教会の関係者が占めていたが、一番前の席には、旅を共にしたリュカとユベールの姿があった。

来賓の視線に怯えていたマリーだったが、彼らの笑顔に勇気づけられて、前に進む。

身廊を歩いていくと、真っ白なタキシードに身を包んだレオンが、祭壇の前で待っていた。

ここまでマリーをエスコートしてきたエルネストの手から、前に進み出たレオンにマリーの手が渡される。

レオンはベール越しにもはっきりとわかるほど、甘い瞳で彼女を見つめていた。

マリーは正装のレオンに完全に心を奪われていた。

――はぅ……、レオン様のスチル。心の目に焼き付けておかないと。一生の宝物にしよう。

式を進行する教皇が祈祷を述べているのもそこそこに聞き流し、マリーはそれまでの不安や怯(おび)えなど忘れ、ひたすらにベールの下からレオンを見つめていた。

マリーがレオンに見惚れているあいだにも式が進み、いつの間にか終盤へと差し掛かっていた。

「これより未来を共に歩まんとするふたりに、神の祝福を」

教皇がレオンとマリーの頭上で聖杖を掲げた。

通常ならば掲げられた聖杖から祝福の光が降り注ぎ、ふたりは夫婦として認められる。

だが、魔王と聖女に降り注ぐ光は、祭壇のうしろにある大きなステンドグラスを通して外から降り注いでいた。

それは教皇ではなく、神からの祝福だった。

「え、これって？」

見覚えのある優しい光に、マリーは顔を上げる。

隣ではレオンが不思議そうな表情で祝福の光を見上げていた。

「おい、これって神様からの祝福なのか？」

「まさか、本当に？」

周囲がざわめき始める。

「静まれ。聖女と魔王の結婚は、父なる神の認めるものである。何人たりともこれに異議を唱えることはできぬ」

教皇の宣言に、ざわめきは次第に治まっていった。

「では、誓いのキスを」

教皇に促され、レオンはマリーのベールをゆっくりと上げる。

「マリー、綺麗だ」

「レオンも、今までで一番かっこいい……です」

「ふ、当然だ」

レオンはにやりと笑みを浮かべると、マリーを抱き寄せ口づけた。

マリーは『テラ・ノヴァの聖女』の世界で、本当のエンディングを超えた真のエンディングを迎えることができた。そして、エンディングの先のことは、もうわからない。

——どんな未来が来たって大丈夫。せっかく推しと一緒に生きられるんだから、絶対に幸せになってみせる。

マリーは誓いを込めてレオンの唇にキスを返した。

書き下ろし番外編

夢は逆夢

『マリー、私の聖女よ。この星を癒(いや)してほしい』

それはマリーが幼い頃から、何度も夢の中で聞いてきた神の声にほかならない。

『勇者と力を合わせ、魔王を倒し、この星を癒(いや)すのだ』

――これは、夢……だよね？　だって、魔王を、レオンを倒す必要なんてない。星の傷はレオンが注いだ魔力を使って、神様が癒(いや)してくださったんだから……

『いいや、あれを見よ』

神が指示した先には、星の傷である大きなクレーターから、次々と湧き上がる魔物の姿があった。魔鼠(まそ)、魔鹿(まか)、魔兎(まと)やスライムなど様々な魔物がうじゃうじゃと、星の傷から生まれる。

多くの魔物たちがうごめく姿は、まるで波のように見えた。そして彼らの目は怒りのために一様に赤く染まり、とても知性を宿しているようには見えない。

いつも魔王城でマリーの世話を焼いてくれる彼らとは、あまりに表情が違いすぎた。

マリーはぞくりと身体を震わせた。

「そんな……！」

——どうして？　傷が癒えたからもう魔物が生まれることはなくなるって……！

「なにをぼさっとしてる？　マリー！」

マリーの背後に三人が現れた。

「エル兄！　リュカ、ユベール！」

共に旅をしてきた仲間たち。彼らがいればきっとどうにかできる。そう安堵したのも、一瞬のことだった。

リュカが眩く輝く聖剣を振り上げ、魔物の群れを一刀で薙ぎ払う。

「魔物は敵だ。あれを倒さなければ、この星は救えないんだよ」

リュカが冷酷な表情で告げる。

「そうだよ、マリー。ちゃんとサポートして！」

ユベールはルーンを描き、魔物たちを吹き飛ばしながら、マリーを責めるような目で見た。

マリーは縋るようにエルネストを見つめた。

「エル兄……」

聖盾に聖なる光を纏わせ、魔物を吹き飛ばしたエルネストは、怪訝そうな表情でマリーを見返す。

「魔物は敵だ。なにを迷ってんだ？」

「どうして……」

——確かに人を襲う魔物は敵だ。けれど、レオンがもう魔物に人を襲わせないと約束してくれたのだ。あれほど苦労して星の傷を癒したのは、なんの意味もなかったの？

マリーは身動きが取れないまま、呆然と立ち尽くす。

自らの命と引き換えにしても、レオンを助けたかった。それが全て無駄だったとは思いたくない。

けれど目の前の光景は、マリーの努力を否定するものでしかない。

「聖女、マリー」

クレーターの上空に魔王レオンが現れる。

「レオン！」

マリーは最推しの出現に、目を輝かせた。

——レオンならきっと、助けてくれる。

全ては勘違いで、魔物はもうこの星の脅威などではないと、そう言ってくれると信じた。

ゆっくりとレオンの美しい形の唇が開かれる。

「さあ、殺し合おうか」

にやりと笑った彼の目は、真っ赤に染まっていた。

いつものマリーを愛しそうに見つめるレオンの顔とは全く違っている。マリーのことなどなにも知らないような、敵としてしか見ていない目だった。

――やだ。そんな目で私を見ないで。

レオンは一片の躊躇（ちゅうちょ）もなく手を上げ、攻撃魔法をマリーたちに向かって放つ。

「闇の波動（ダークオーラ）！」

「だめー！」

強力な闇の魔法に打たれ、マリーは痛みにではなく絶望に絶叫した。


「マリー、どうした？」

心臓がばくばくと大きな音を立てて脈打っていた。荒くなった呼吸音が静かな室内に響く。じとりとした汗で服が胸元に張り付いていて、とても気持ちが悪かった。

「マリー？」

気遣うような優しい声に目を開くと、美しい空色の瞳が彼女を見下ろしていた。

レオンの艶やかな漆黒の髪がさらりと流れ、愁いを含んだ表情が薄闇に浮かび上がる。

「ん……、ええっと……」

「なぜ泣いている？」

「あれ？」

言われて頬に手を伸ばすと、わずかに濡れていた。

——ああ、夢だったんだ。そうだ……、あれは、『テラ・ノヴァの聖女』の本当の結末。

ファンディスクじゃない。本編の結末だ。

本編ではどんな選択肢をとろうとも、決して変えることのできなかった魔王との最終決戦。

マリーがねじまげたせいで、起こり得なかった結末（エンディング）。選択をひとつ誤ればああなっていたかもしれない、もしもの世界だ。

マリーは夢であったことにほっと息を吐き、涙を手で拭う。

「ううん。嫌な夢を見ただけ。なんでもないよ」

不安げなレオンに向かって、マリーは無理やり笑みを浮かべた。

「そんな顔で俺をだませるとでも思ったか？」

低い滑らかな声が耳をくすぐる。

「うん。でも、本当にただの夢だから」

「嫌な夢は誰かに話すと、すぐに忘れると言うぞ？」

レオンの手がそっと頭を撫でる。

その心地よい感触に、マリーはうっとりと目をつぶった。

「そうかもしれないね……」

こうしてレオンに触れていると、先ほどの悪夢の残滓などあっという間に消え去っていくようだった。

「ほら、話してみろ」

それでも、彼の促しに応えて悪夢の内容を告げる。

「うん。あのね……、夢の中で神様の声が聞こえたの。魔王を倒して星を癒せって声がして、私とリュカたちと、レオンが戦っている夢だったの」

「それは……また」

レオンは神という言葉に、うんざりとした表情を浮かべた。

幼い頃からずっと夢を通じて触れ合ってきたマリーと違って、彼にとってはあまりいい思い出はないのだろう。

「まあ、実際には神託じゃなくて、ただの夢だったから大丈夫だよ。もしも私がこの星の真実を知らないまま、魔王城にたどり着いていたら、レオンと戦って、表面上は平和になって、めでたしめでたし……っていう結末もあり得たんだと思うとね……」

本当にそうならずに済んでよかったと、改めて安堵の思いがこみ上げる。

「それは俺が、あの勇者共に倒されるのが前提か？」

不満げなレオンの様子に、思わず笑みがこぼれた。

「まあ、そこは夢だし……。あくまで可能性の話だよ」

まさかゲームのエンディングのひとつとは言えず、マリーは誤魔化した。

「ふん、それで？　マリーは夢の中でさえ俺と戦うのが嫌で泣いていたのか？」

「ん……、そうかも」

夢で見た真っ赤に染まったレオンの目を思い出し、マリーはぶるりと身体を震わせた。

あんな結末はゲームの中だけで十分だ。

「愛いやつ」

レオンが目を細め、笑う。マリーの頬をまるで壊れものであるかのように、そっと撫でる。

レオンは唐突にマリーを強く抱きしめた。マリーからは見えなかったが、その表情はなにかを恐れているようだった。

「マリー、おまえを再び俺の手から連れ去ろうというのなら、それが神であろうと俺は逆らう。俺は……、おまえを知ってから弱くなった気がする。以前は、自分の命ひとつでどうにかできるものなら、この星に命をくれてやろうと思っていた……」

レオンは彼女を抱きしめたまま、遠くを見つめるような目をした。

「勇者にくれてやるのは癪だが、この星を救えるのであればそう悪くないと……。だが、おまえと出会って欲張りになった。おまえに触れたいし、全て俺のものにしたい。おまえが笑う顔、悲しみに暮れる姿、拗ねた表情も……なにもかもが愛おしくて、ずっとそばにいたいと願った。これまで神に祈ったこともない男が、祈ってしまうほどにな……」

その声はかすかに震えていた。

熱烈な愛の告白に、マリーは感動するよりも、彼の表情が見たいと思ってしまった。

――絶対にこれは神スチル！　ものすごく、ものすごく、見たい！

「レオン、顔見たい」

彼の腕から抜け出そうともがくが、レオンは彼女を強く抱きしめたまま放さない。

「だめだ。こんな顔など見せられるものか」

――くっ……！　絶対可愛いはずなのに。

この様子では、マリーの願いは叶えられそうにない。きっと、プライドの高いレオンは自分が弱っているところなど見せたくないはずだ。それでも、告げずにはいられなかったのだろう。

好きではなく愛おしいという言葉に、嬉しさがこみ上げる。

マリーはもがくことをやめ、ふっと身体の力を抜いた。

「私も……一緒だよ。どんなレオンの顔だって見逃したくない。ずっと……ずっと一緒だよ」

思わず呟いて、あまりの恥ずかしさに身悶えする。

「マリー……！」

レオンの感極まったような声が聞こえたかと思うと、彼の顔がいきなり近づいてきた。

唇が重なり、深い口づけに吐息を奪われる。

マリーは思わずギュッと目をつぶった。

「ん……ぅ」

全てを奪いつくすような口づけに、マリーはくらくらとしながらも、彼の舌に自分のそれを絡め、彼への想いを伝える。

——愛してる。好きなんて言葉じゃ伝えきれないほど……

マリーの想いが通じたのか、荒々しかった口づけは、徐々に穏やかなものへと変じていった。

ついばむような口づけを互いに繰り返す。

「ふふ、くすぐったい」

「そうだな……」

雨のようなキスを顔中に受けていると、次第に眠気がひたひたと打ち寄せてくる。

「眠いのか?」

「んー。ちょっとだけ」

少し寝ぼけつつ返すと、レオンの目が愛おしげに細められる。

——推しの腕の中で眠れるなんて、さいっこう……。ありがとうございます、神様。

今日も麗しい推しの姿に、マリーは心の中で感謝を捧げたのだった。

本書は、2020年2月当社より単行本として刊行されたものに書き下ろしを加えて文庫化したものです。


この作品に対する皆様のご意見・ご感想をお待ちしております。

おハガキ・お手紙は以下の宛先にお送りください。

【宛先】

〒150-6008 東京都渋谷区恵比寿4-20-3 恵比寿ｶﾞｰﾃﾞﾝﾌﾟﾚｲｽﾀﾜｰ 8F
（株）アルファポリス　書籍感想係

メールフォームでのご意見・ご感想は右のＱＲコードから、
あるいは以下のワードで検索をかけてください。

ご感想はこちらから

ノーチェ文庫

聖女はトゥルーエンドを望まない

文月 蓮

2021年12月31日初版発行

文庫編集－斧木悠子・森順子
編集長－倉持真理
発行者－梶本雄介
発行所－株式会社アルファポリス
〒150-6008 東京都渋谷区恵比寿4-20-3 恵比寿ｶﾞｰﾃﾞﾝﾌﾟﾚｲｽﾀﾜｰ8F
TEL 03-6277-1601（営業）　03-6277-1602（編集）
URL https://www.alphapolis.co.jp/
発売元－株式会社星雲社（共同出版社・流通責任出版社）
〒112-0005 東京都文京区水道1-3-30
TEL 03-3868-3275
装丁・本文イラスト－朱月とまと
装丁デザイン－AFTERGLOW
（レーベルフォーマットデザイン－ansyyqdesign）
印刷－中央精版印刷株式会社

価格はカバーに表示されてあります。

落丁乱丁の場合はアルファポリスまでご連絡ください。

送料は小社負担でお取り替えします。


ISBN978-4-434-29757-1 C0193